Ottawa, le 15 mai 1996

À Claire et André Lamoureux
avec mes hommages et mes
meilleurs voeux —

V. E Dahl

BEAURIVAGE

Tome I

Les eaux chantantes

Remerciements

Les Éditions du Vermillon remercient
chaleureusement de leur aide
le Conseil des Arts du Canada,
le Conseil des arts de l'Ontario
et la Municipalité régionale d'Ottawa-Carleton.

Données de catalogage avant publication (Canada)

Dubé Jean-Eudes,
    Beaurivage

(Collection Romans; 18)
ISBN 1-895873-43-6

    I. Titre. II. Collection.

PS8557.U2247B43 1996   C843'.54   C96-900402-8
PQ3919.2.D83B43 1996

ISBN 1-895873-43-6

Romans, 18

JEAN-EUDES DUBÉ

BEAURIVAGE

ROMAN

Tome I Les eaux chantantes

Œuvre reproduite sur la couverture
Village canadien
pastel sur papier
Thérèse Frère
1994

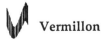 Vermillon

Du même auteur

Du banc d'école au banc fédéral.
Récit autobiographique,
Éditions Guérin, Montréal, 1993.

À mon père
aubergiste accueillant

Chapitre premier

Les aventures du garde-pêche Marquis

L A rivière Restigouche[1], plus étroite à cet endroit, coulait rapidement vers une fosse à saumons et dégageait des vaguelettes chatoyantes, dont le léger clapotement rompait le silence d'un matin ensoleillé de fin d'été. L'homme, debout dans le canot ancré au centre du cours d'eau, s'adressa à l'adolescent assis devant lui dans l'embarcation.

— Léon, lève l'ancre. On va descendre un autre petit bout.

Secoué dans ses rêveries par la voix de son père, Léon s'empressa de tirer la corde enroulée autour de la poulie, suffisamment pour dégager l'ancre et permettre au canot de glisser dans le courant. Quelques pieds seulement, car il savait que son père voulait s'approcher lentement et silencieusement de la fosse, sans apeurer le poisson.

Rodolphe Marquis, perche à la main, fouettait l'eau patiemment, lançant la mouche de plus en plus

---

1. En mic-mac, Restigouche signifie «les eaux chantantes».

loin. Il pêchait depuis le lever du jour sans succès; pas même une petite morsure à sa mouche. Depuis quelques années, le poisson se faisait rare. Le nombre des amateurs de pêche s'accroissait. Néanmoins, ceux-ci abusaient rarement de leur privilège. Par contre, les braconniers devenaient plus audacieux, au grand désespoir du garde-pêche Marquis.

Tout en lançant méthodiquement sa ligne dans le courant, Marquis songeait aux années passées à la surveillance de la rivière. C'était un homme heureux, satisfait de son sort, accomplissant une tâche à la mesure de sa compétence. Il aimait le grand air et les odeurs résineuses des sapins et des épinettes longeant la rivière. Il adorait surtout la sérénité du paysage et la tranquillité des lieux. Par ailleurs, il envisageait une carrière tout à fait différente pour son fils. Ses espoirs reposaient sur l'avenir de Léon et toutes ses épargnes étaient investies pour son éducation.

Son épouse, Sophie, ancienne maîtresse d'école, et lui-même s'étaient voués à la formation de leur fils unique. Ils s'étaient efforcés de lui inculquer de solides principes de discipline, de justice et de force morale, tout en évitant soigneusement d'émousser la précieuse joie de vivre qu'il avait héritée de sa mère.

Léon ne se lassait jamais d'observer la dextérité et la souplesse des mouvements de son père quand ce dernier s'adonnait à son sport favori; cet homme vigoureux pouvait se transformer en un pêcheur gracieux et élégant.

La pêche au saumon sur la Restigouche était l'apanage exclusif des sportifs millionnaires américains et de leurs invités. Pour sa part, Rodolphe

Marquis remplissait son rôle de garde-pêche avec tant d'efficacité que les Américains l'invitaient souvent à faire un tour, surtout vers la fin de l'été, quand les habitués se faisaient moins nombreux. Évidemment, comme on peut le deviner, son zèle au travail ne le rendait pas très populaire auprès des braconniers locaux.

Léon, tout en surveillant les manœuvres expertes du pêcheur, retourna à ses rêvasseries. Il faisait bon d'être avec son père dans le canot. Le soleil couchant découpait les montagnes et créait des pointes d'ombre et des reflets d'or sur la rivière.

Dans peu de temps, il lui faudrait retourner au collège. Léon n'appréhendait pas la rentrée; il avait même hâte de revoir ses amis et de reprendre la vie étudiante. Cependant, l'été s'était écoulé trop vite. Il adorait sa mère, personne joyeuse, affectueuse et débordante de vie. Il aimait aussi son père, tout en le craignant un peu, ayant souvent eu à subir le poids de son autorité. Il savait que celui-ci était juste et droit. Les gens disaient de lui qu'il faisait montre, à ses heures, d'un certain sens de l'humour. Léon trouvait que les heures en question se faisaient trop rares en sa présence.

Profitant de ses vacances, Léon se laissait dorloter par sa maman dans leur modeste demeure sise à l'entrée du village de Beaurivage, petit centre commercial et touristique établi sur les rives de la Restigouche, en Gaspésie. Âgé de seize ans, Léon aimait bien y folâtrer avec ses copains. La veille, il avait entendu une bribe de conversation animée entre quatre ou cinq grands gaillards sortant de la taverne de l'hôtel Champlain. Les gars, des guides engagés par les clubs de pêche, gesticulaient et proféraient des menaces à l'endroit d'un garde-pêche. Léon était presque certain d'avoir entendu le nom de son père. Il avait pensé lui en parler, mais savait que celui-ci attachait peu d'importance à ce genre de bavardage. Après tout, «le paternel», comme il l'appelait, en avait vu d'autres et savait se faire respecter. Grand, large d'épaules et un cou de taureau, Rodolphe Marquis présentait une silhouette redoutable à l'arrière du canot.

Tout à coup, un petit cercle se forma autour de la mouche dans le courant, la ligne se raidit, l'arc de la perche s'accentua et le pêcheur donna un coup sec pour consolider la prise. Le saumon se retourna sur lui-même, sortit de la fosse et fila à toute allure en descendant le rapide. Le moulinet commença à se dévider dans un bruit de plus en plus strident sous le contrôle souple des mains de Rodolphe. Le saumon diminua peu à peu sa pression sur la ligne et, soudainement, sauta hors de l'eau dans une culbute qui aurait pu casser la ligne d'un pêcheur moins expérimenté.

— C'est un saumon d'une bonne vingtaine de livres. Léon, il va falloir approcher le canot de la rive. Lève l'ancre et sers-toi de la pôle. Ne pars pas le moteur, l'hélice pourrait se briser contre les roches.

Une fois le canot bien stabilisé sur la rive, Rodolphe passa la perche à son fils pour lui faire goûter la joie suprême du pêcheur, celle de sentir le saumon vibrer au bout de la ligne pendant qu'il l'attire vers le canot. Suivant les conseils de son père, Léon manœuvra délicatement le moulinet pour embobiner le fil sans trop presser le saumon.

— Sois patient, Léon. Laisse le poisson se fatiguer. Fais venir ton saumon lentement. Attention! Ne lui donne pas trop de ligne, il va sauter hors de l'eau!

En effet, le saumon exécuta un deuxième bond, un saut désespéré pour se dégager de l'hameçon qui le rapprochait inexorablement de l'embarcation. C'était une pièce magnifique, encore vigoureuse et combative. Léon resserra rapidement sa ligne, redressa la perche et reprit le contrôle du poisson.

La lutte entre le pêcheur et le poisson reprit de plus belle. Le saumon tournait en cercle, montait et descendait le courant, faisait le mort pour se reposer ou pour tromper l'adversaire. Afin de protéger sa prise, Léon maintenait une résistance continue mais flexible sur le déroulement de son moulinet. Finalement, son père constata que le poisson était suffisamment affaibli pour être capturé. Alors il débarqua sur la berge, s'avança lentement dans l'eau pendant que Léon attirait le saumon et, avec une grande dextérité, emprisonna le poisson dans son épuisette.

Les deux Marquis n'étaient pas les seuls témoins de cet épisode. Trois autres personnages observaient la partie de pêche depuis le début. Ludger Legros et les deux frères MacTavish, Angus et Halton, guides au camp Brandy Brook, avaient appris que le garde-pêche Marquis était invité pour la journée et tenaient à lui offrir leur accueil tout à fait personnel. Accroupis silencieusement dans le flanc de la montagne, ils attendaient que le canot s'approche du bord.

Les trois fiers-à-bras auraient hautement apprécié, eux aussi, un petit tour de pêche. Hélas! personne ne les invitait. Alors ils apparaissaient de temps à autre à la sauvette sur la rivière et s'esquivaient rapidement à l'approche des gardiens. Parfois, ils n'apportaient même pas leurs perches, se contentant de lancer un filet dans les fosses, opération très profitable qui remplissait leur canot de saumons, et leurs goussets d'argent. Ces retombées pécuniaires défrayaient leurs soirées à l'hôtel Champlain, le rendez-vous populaire du village. Or, cette pêche au filet était considérée par les autorités comme la pire des abominations, passible d'amende et même d'emprisonnement.

Les trois moineaux, très rusés, connaissaient bien tous les détours de la rivière et les sentiers longeant la rive, et ils savaient comment se soustraire à la surveillance des gardes-pêche qui les pourchassaient. Malheureusement pour eux, il fut décidé en haut lieu de confier la tâche de les piéger au garde-pêche Rodolphe Marquis.

Fin renard qu'il était, Marquis décida de ne pas donner la chasse aux trois braconniers mais, simplement, de prévoir leurs mouvements et de les attendre sur les lieux. C'est ainsi que, la semaine précédente, avant l'aube, il se rendit sur les bords du Million Dollar Pool, la meilleure fosse de la rivière, située à l'embouchure de la Patamaja. Après avoir consulté les registres des clubs il apprit, ce dont les trois guides devaient sûrement être au courant, qu'il n'y avait pas de sportifs inscrits pour cette journée-là et que le gardien en poste s'était rendu à l'hôpital de Beaurivage pour l'accouchement de son épouse.

Le soleil avait à peine dépassé la cime des montagnes environnantes que nos trois gaillards arrivèrent sans bruit, à la rame, sur les eaux calmes et profondes du Million Dollar Pool. Rapidement, ils déroulèrent leur filet et le firent descendre à l'aide de poids jusqu'au fond de la fosse. Ils le remontèrent presque immédiatement, déjà gonflé de poissons. Pendant qu'ils embarquaient leur prise, Marquis sortit le canot qu'il avait eu la précaution de camoufler sur la rive, mit le moteur en marche à pleine puissance et fonça directement sur les trois braconniers.

Pris sur le fait, les guides, tout penauds, reçurent les mandats d'inculpation et de saisie déjà préparés par le garde-pêche, lui remirent leur chargement de poissons et le suivirent en bougonnant.

La nouvelle de l'arrestation des trois braconniers traversa le village comme une traînée de poudre. Les gens sérieux se félicitaient de l'exploit de leur garde-pêche. Pour leur part, les jeunes fanfarons se révoltaient contre la main lourde de l'autorité et la domination américaine sur leur territoire. Les autres badauds ricanaient et se moquaient des guides dans la taverne de l'hôtel Champlain. Ludger Legros, bûcheron trapu, guide à temps partiel, n'attirait pas grande sympathie et recevait de front le gros des sarcasmes. Les frères MacTavish, deux joyeux compères, s'amusaient follement de leur aventure. Tout le monde savait qu'ils subissaient l'influence néfaste du bûcheron retors.

En fin de soirée, après plusieurs bières, Legros réussit à convaincre ses deux acolytes que Marquis devait payer le prix. Après tout, ils n'avaient rien à perdre, pensaient-il. Ils seraient traînés en cour tous les trois, le juge accepterait sûrement la preuve de Marquis et ils iraient en prison. Autant en profiter pour régler son compte au garde-pêche. Au plus sacrant, avant de se faire enfermer.

Dès le lendemain, l'occasion se présenta de façon inespérée. Les trois hommes étaient sur la galerie du camp Brandy Brook quand ils virent passer les deux Marquis en canot. Legros en tête, les guides empruntèrent un petit sentier détourné et suivirent discrètement le canot jusqu'à la capture du saumon.

Pendant que les Marquis s'affairaient à sortir le poisson de l'épuisette, les trois guides firent irruption sur la rive. D'une voix de stentor, Legros apostropha le garde-pêche.

— Espèce de pisse-vinaigre, si tu penses venir nous régenter sur notre rivière, j'ai des nouvelles pour toi. T'as pas le droit de pêcher sur les eaux de notre club. Donne-nous le saumon et disparais avant qu'on te casse la gueule!

— Écoutez, les gars, répondit calmement le garde-pêche, tranquillisez-vous avant de faire d'autres gaffes. Je suis invité par le club et j'observe les règlements. Vous allez comparaître en cour prochainement et vos menaces n'aideront pas votre cause.

— Marquis, t'es un maudit baveux et tu vas y goûter, rétorqua Legros.

Ceci dit, Legros se lança sur le garde-pêche qui sauta de côté pour l'éviter mais perdit l'équilibre sur les galets glissants et tomba à la renverse. Avant qu'il puisse se relever, Legros lui assena un coup de botte à la tête. Voyant son père étendu sans défense sur la grève et Legros qui s'apprêtait à lui porter un autre coup, Léon, vif comme l'éclair, s'empara d'une rame du canot, sauta sur la rive et abattit l'aviron de toutes ses forces sur le dos de Legros. L'homme poussa un profond gémissement avant de s'écraser sur le sol.

Devant la tournure inattendue de l'empoignade, les deux MacTavish s'avancèrent vers le garde-pêche, déjà debout et les attendant de pied ferme. Tout en gardant un œil sur Léon qui tenait encore sa rame en mains, Angus se précipita sur Rodolphe Marquis et lui décocha un coup de poing au visage. Cette fois-ci, l'agressé réussit à éviter son assaillant et lui flanqua au passage une puissante droite à la mâchoire. Angus s'écroula lourdement à côté de Legros.

Le jeune Halton, cerné entre le père et le fils, hésita quelques secondes puis décida qu'il en avait assez et qu'il serait plus prudent de baisser pavillon. Il aida son frère à se relever et les deux MacTavish filèrent vers le camp.

Legros, toujours étendu, ne bougeait pas. Le garde-pêche décida de le descendre chez le médecin de Beaurivage. Lui-même sentait le besoin de secours médical. Il avait un côté du visage enflé et souffrait d'un violent mal de tête. Les deux Marquis couchèrent le guide dans le canot et partirent vers le village.

Quant à Léon, cette escarmouche, aussi brusque qu'inattendue, l'affecta profondément. De nature paisible, il évitait instinctivement la querelle, au point même de chercher le compromis. Il savait bien qu'il n'était pas lâche et que, poussé au pied du mur, il combattrait farouchement. L'apparition soudaine des trois guides et leur attitude menaçante l'avaient pétrifié. Durant quelques secondes, il ne parvint pas à bouger. C'est le coup de pied de Legros à la tête de son père affaissé sur le sol qui le tira de sa torpeur. Spontanément, il saisit la rame et frappa avec une fureur qu'il ne se connaissait pas sur l'intrus qui meurtrissait un être aimé. Legros gisait, toujours inerte, dans le canot.

— Papa, penses-tu que Legros est gravement blessé?

— Tu l'as durement ébranlé. Tu frappes fort, mon jeune! Mais il est costaud. Sa carrosserie est solide. Il va sûrement s'en tirer. Ne te fais surtout pas de reproche. Si tu ne l'avais pas étampé avec la rame, c'est lui qui me *défuntisait* à coups de botte. Tu as fait preuve de courage et je suis fier de toi.

Un peu avant l'arrivée à Beaurivage, Legros se mit à geindre et à gigoter au fond du canot. Une fois l'embarcation amarrée au quai, il réussit à se lever et à débarquer sans aide. La mine basse, il ne semblait plus avoir le goût de combattre ni même de rouspéter. Il faut dire qu'en l'absence de ses deux acolytes, il en menait beaucoup moins large. Le dos courbé, il suivit silencieusement les deux Marquis jusqu'au cabinet du médecin.

Le docteur Lafièvre, petit homme rondelet, hyperactif, sautillait d'un patient à l'autre quand il vit arriver l'étrange trio. Après un examen sommaire, il appliqua un cataplasme médicamenteux sur le visage tuméfié du garde-pêche. Il remit des aspirines au guide et l'envoya prendre une radiographie à l'hôpital. Quant au jeune Marquis, il lui prodigua ce sage conseil :

— Léon, si tu veux vivre longtemps et en bonne santé, ne tombe pas dans les pattes de Legros; il est coriace et il a la mémoire d'un éléphant.

Quelques jours plus tard, les trois guides comparaissaient devant le juge Alexandre Latour au palais de justice de Beaurivage. Son Honneur avait les cheveux à pic et filait un bien mauvais coton. La veille, il avait joué au poker très tard dans la nuit à l'hôtel Champlain. La chance ne lui ayant pas souri, il avait copieusement arrosé sa peine. Il montait donc sur le banc, affligé d'une vilaine migraine.

Les trois accusés plaidèrent coupables et furent condamnés sur-le-champ : pour les deux MacTavish, un mois de prison; pour Legros, deux ans au pénitencier.

Fou de rage, Legros bondit sur ses pieds et apostropha le magistrat :

— Deux ans! Vieil imbécile, as-tu complètement perdu les pédales? Une petite taloche au garde-pêche, y a rien là!

— À l'ordre, s'il vous plaît, ordonna le juge. Un mot de plus, Legros, et je t'ajoute une autre année pour outrage au tribunal. La séance est levée.

Léon était parmi les spectateurs de la salle d'audience, pleine à craquer. Le manque de respect envers le tribunal de la part de l'accusé et la justice sommaire imposée par le magistrat l'avaient grandement étonné, même dérouté. Depuis quelque temps, il songeait à devenir avocat. Il comprenait mal pourquoi les accusés avaient plaidé coupables, ne se donnant même pas la peine de se faire représenter par un procureur. Il lui semblait que, même si la Couronne détenait une preuve solide contre eux, un avocat compétent aurait pu faire valoir certaines circonstances atténuantes pour tenter d'alléger la peine. Après tout, Legros, vaillant père de famille, n'avait pas de casier judiciaire. Le coup de rame l'avait déjà sévèrement puni. Même s'il s'en tirait sans invalidité apparente, il avait tout de même souffert pendant plusieurs jours. De plus, cette aventure l'avait profondément humilié; abattu par un enfant de seize ans, il était devenu la risée des villageois.

Léon devinait que c'était surtout ce dernier aspect de la confrontation qui avait blessé Legros.

Homme fier, peut-être avait-il plaidé coupable afin d'éviter l'humiliation que lui causerait le récit détaillé de l'événement par les témoins devant toute la population.

D'autre part, Léon était horrifié par les remarques insultantes de Legros à l'égard du tribunal. Après tout, le juge Latour méritait le respect. Tout le monde savait que, même si Son Honneur pliait le coude de temps à autre, il exerçait ses fonctions avec compétence. De toute façon, Léon considérait que les procédures, au palais de justice, devaient se dérouler dans un décorum respectueux. Pour lui, un palais de justice était un peu comme une église, pour ne pas dire la cathédrale du droit et de l'équité. C'est donc tout pensif qu'il s'en retourna au foyer où sa mère l'attendait. Quand il lui eut raconté ce qui s'était passé à la cour, elle ne tarda pas à manifester son inquiétude.

— Je n'aime pas ça du tout. J'ai bien peur que ça ne finisse pas là, mon grand. Deux ans, c'est vite passé. On va sûrement réentendre parler de Legros.

— Maman, tu t'inquiètes toujours pour rien. Le paternel est à l'ouvrage?

— Il est monté dans le haut de la rivière, pour l'après-midi.

— Moi, je file à l'hôtel.

— Je n'aime donc pas te voir travailler là. Ce n'est pas toujours catholique ce qui se passe au Champlain.

— Je gagne des gros sous pour le collège en transportant les valises des touristes. Maman, j'ai beau fouiner, flairer et renifler, je n'ai encore rien vu, entendu ou senti de scandaleux à l'hôtel. Je vous

tiendrai au courant s'il se passe des choses intéressantes. Salut, maman!

Chapitre II

Une soirée de poker à l'hôtel Champlain

B EAURIVAGE, chef-lieu du comté de Beaubassin, est un village assez considérable, entouré de montagnes et construit sur les deux rives de la Restigouche. Du côté nord, se trouve la partie commerciale et touristique, qui comprend les magasins, les restaurants, l'hôtel Champlain, ainsi que la gare des chemins de fer, l'hôpital, l'hôtel de ville et le palais de justice. Le quartier résidentiel, établi autour de l'église, longe l'autre rive. Un pont enjambe la rivière à la hauteur de l'église et de l'hôtel.

La construction de l'hôtel Champlain remonte au début du siècle et son aspect baroque reflète les nombreuses réparations, ajouts et rénovations que cet établissement touristique a subis au cours des années. Il semble que les premiers propriétaires, sans doute des gens ambitieux sinon prétentieux, aient voulu adopter l'architecture de style gothique, genre château, si l'on en juge d'après les tourelles, les arcades et les pignons qui dominent encore la construction centrale. Des additions plus modernes, style art déco, ont été apportées avec plus ou moins de bonheur à

l'édifice original, sans s'y marier harmonieusement.
Le présent propriétaire, Régis Roberval, homme pratique, a entouré l'immeuble d'une immense galerie avec
vue panoramique sur la rivière, le village et les montagnes environnantes.

Cette journée de fin d'été avait été froide et plu-
vieuse. Un vent d'automne sifflait à l'extérieur et se-
couait les carreaux des fenêtres de l'hôtel. Une flamme
généreuse crépitait dans le foyer du hall d'entrée et
créait une ambiance hospitalière dans tout l'établissement.

Au fond de la salle, cinq joueurs se préparaient à
une partie de poker autour d'une table massive recou-
verte d'un tapis vert. Chacun comptait son argent,
alignait ses jetons, allumait son cigare ou sa pipe,
examinait ses cartes et s'installait dans son fauteuil.
Une atmosphère joviale, nourrie par la camaraderie et
l'attente du jeu, régnait dans la pièce.

À l'autre extrémité du grand hall, le commis
Roméo Latendresse se tenait au comptoir, recevait les
clients, répondait au téléphone, lisait son *Allô Police,*
écoutait la partie de hockey et ne perdait pas de l'œil
les personnages assis à la table de poker. Il avait pour
tâche de répondre à leurs moindres désirs, y compris
l'étanchement de leur soif. Il tournait également ses
regards vers Friola Champagne, la nouvelle serveuse
qui apparaissait de temps à autre à la porte derrière
le comptoir pour voir si on avait besoin de ses services
dans le grand hall.

Roméo était un petit homme souriant aux formes
arrondies et dont les yeux pétillaient continuellement.
Sa vocation était de servir, son désir de plaire, son
rêve d'aimer. Les joueurs de cartes feraient sans doute

appel à ses deux premières ambitions. Quant à Friola, elle devenait l'incarnation éblouissante de ses chimères, le sujet privilégié de ses rêveries et l'objet immédiat de ses tentations.

C'était le grand patron, le propriétaire de l'hôtel, qui présidait à la table de jeu. Régis Roberval était un immense bonhomme, joyeux et tapageur, dont les éclats de rire remplissaient tout l'édifice. Autant sa personnalité magnétique attirait la clientèle, autant ses violentes colères pouvaient terroriser le personnel. Régis n'avait que deux vitesses, la joie débordante ou la fureur déchaînée, de sorte que les villageois et les touristes l'adoraient et que ses employés fournissaient un service impeccable en sa présence.

Ses invités étaient les quatre habitués, le juge Alexandre Latour, le docteur Laurent Lafièvre, l'homme à tout faire de l'hôtel, Flo Tremblay et l'entrepreneur Jos Gravel.

— Alexandre, déclara l'hôtelier au juge, tu as bien réglé le cadran de nos trois braconniers! Ça, c'est de la justice comme je l'aime. Pas de taponnage! Au cachot les coupables. Il faut protéger nos rivières, sinon on va perdre nos touristes.

— J'étais vraiment surpris de les entendre plaider coupables, répondit le juge. Ce n'est pas mon rôle de les encourager à se défendre; Dieu sait si j'en ai déjà assez sur les bras. Si Legros n'est pas tout à fait enchanté de mon jugement, il peut toujours faire appel.

— Legros peut se compter chanceux de s'en tirer si bien physiquement, enchaîna le médecin. Sa colonne vertébrale en a pris un dur coup.

— Il tape fort, le petit Marquis, reprit l'entrepreneur. Ça va être tout un homme.

— Il me semble qu'on ne boit pas souvent, ajouta Flo en se pourléchant bruyamment.

— Roméo, envoie donc Friola prendre nos commandes, avant que Flo périsse de sécheresse, ordonna Roberval.

Presque instantanément la serveuse fit son entrée dans le grand hall. Jolie brunette en mini-jupe, sourire radieux, silhouette bien tournée, démarche élégante et féminine, Friola eut un effet électrique sur les cinq joueurs. Après un long silence admiratif, ceux-ci se mirent à bafouiller et à bredouiller en même temps.

Une fois les hommes calmés, Friola démêla les commandes et s'en retourna gaiement au bar sous le regard observateur de six paires d'yeux. Et la partie de poker reprit son cours. Les joueurs avaient des personnalités bien différentes, reflétant leurs vies respectives.

L'hôtelier s'était enfui très jeune de son foyer au Lac Saint-Jean pour s'engager dans un cirque itinérant qui passait dans la région. Devenu grand, fort et flamboyant, doué d'une voix de stentor, il avait atteint un niveau assez élevé dans l'organisation Ringling Brothers établie à Sarasota, en Floride. À la suite d'une aventure amoureuse avec l'épouse de son patron, il avait dû déguerpir en vitesse des États-Unis, pour finalement s'arrêter à Beaurivage où il connaissait le propriétaire d'un des clubs de pêche. À cette époque, l'hôtel Champlain était vieillot et n'attirait guère la clientèle. Grâce à l'aide financière de son ami américain, Roberval avait acheté le commerce, à prix d'aubaine puis, après avoir rénové les bâtiments, il avait déniché un chef français d'un restaurant de Montréal.

Déployant tout son savoir-faire, il allait chercher la clientèle sur le trottoir, donnait des soirées émoustillantes dans le bar le samedi soir, s'occupait personnellement des notables locaux. Il mit donc peu de temps à revaloriser l'entreprise. De plus, il faisait acte de présence aux réunions sociales, donnait généreusement au bazar d'été et subventionnait même le pèlerinage annuel des Dames de Sainte-Anne. Son affaire baignait donc dans l'huile.

À l'instant, Friola fit son apparition, portant bien haut un plateau de boissons. Son arrivée à la table fut saluée par des murmures et des coups d'œil appréciatifs. Au moment où elle se pencha pour la distribution des verres, ses charmes abondants et généreux captivèrent les regards. D'un geste nerveux, Jos Gravel renversa ses jetons sur le plancher. Après quelques hésitations, la serveuse s'accroupit pour les ramasser.

À l'autre bout de la table, Flo devint presque apoplectique. Du fait de sa petite stature, il ne voyait plus que la tête de la serveuse, tout en devinant que ses copains savouraient un spectacle beaucoup plus complet. Il avait beau s'étirer le corps et s'allonger le cou, il ne parvenait pas à atteindre son objectif. Finalement, il se leva, prétendant chercher de l'argent dans ses poches. Friola se redressa gracieusement, replaça les jetons sur la table et se retira de la salle.

Flo, de son prénom Florian, autrefois photographe à Montréal, avait fermé son studio à la suite du décès de son épouse, pour descendre vivre en Gaspésie. Il aimait la chasse et la pêche. Naturellement très adroit, il pouvait manier la perche et le fusil aussi bien que le pinceau et le marteau. Il finit par aboutir à l'hôtel Champlain à titre de factotum. Après quelques années, on le considérait comme un permanent de l'établissement. Il avait ses entrées partout, portait un immense trousseau de clefs dont le bruit annonçait son arrivée, se glissait dans la cuisine pour manger à ses heures et avait accès au bar, à volonté. Quand Roberval partait pour la pêche ou la chasse, Flo était déjà assis dans la camionnette et l'attendait. L'hôtelier prisait ses services et, en général, sa compagnie; toutefois, quand Flo abusait de ses privilèges, Roberval pouvait piquer une sainte colère et le coupable prenait le large pour quelques heures.

— Flo, interpella l'hôtelier, il paraît que t'as joué un vilain tour à Roméo en fin d'après-midi?

— Oui, patron, j'ai eu ma chance de refroidir ses chaleurs, et je ne l'ai pas manqué!

— Raconte-nous ça, mon cher Flo, s'empressa de lui demander le docteur Lafièvre.

— C'est Roméo, vous savez, qui assigne les chambres aux touristes. Il se débrouille toujours pour placer les belles femmes dans des chambres où il peut les observer. Sa chambre préférée est le numéro 142, dont la fenêtre donne directement sur la galerie près du comptoir. Pendant la journée, il s'arrange pour que les stores vénitiens soient entrouverts. Cet après-midi, il est arrivé un autobus de vieilles dames américaines accompagnées d'une jeune hôtesse très attrayante et d'un gros chauffeur noir à l'air maussade. Comme vous le devinez, c'est à la jeune beauté que Roméo destinait le 142. Pour sa part, le chauffeur héritait du 375, au fond du troisième étage.

— Qu'est-ce qui s'est produit? demanda Gravel, très intéressé.

— Ce qui s'est produit, c'est que je suis d'abord entré dans le 142 avec mon passe-partout et j'ai refermé la vénitienne. Ensuite, j'ai intercepté le chasseur, le jeune Marquis, et j'ai changé les clefs pour qu'il conduise la jeune poupée au 375 et le gros chauffeur au 142.

— Et Roméo, lui, est-ce qu'il s'en est rendu compte? demanda le juge Latour.

— Oui, monsieur! Je l'ai surveillé de près. Il est sorti sur la galerie pour vérifier si la demoiselle était entrée dans sa chambre. Il s'est gratté la tête quand il a vu que le rideau était fermé. Il a attendu que la jeune donzelle soit rendue à la salle à dîner pour aller réarranger la toile du 142. Au moyen de son passe-partout, il a débarré la porte de la chambre et s'est glissé rapidement jusqu'à la fenêtre pour entrebâiller la vénitienne.

— Qu'est-ce qui s'est passé? s'enquit le médecin.

— Il s'est passé que Roméo s'est quasiment évanoui quand il s'est tourné de bord pour faire face au gros noir debout devant lui, en queue de chemise. Le chauffeur l'a empoigné par le chignon du cou et l'a lancé dans le corridor. Puis, il a téléphoné au comptoir pour se plaindre.

— C'est moi qui ai reçu l'appel, de s'esclaffer Roberval. Quand mon Roméo est revenu tout piteux au comptoir, je lui ai passé une sarabande. Je l'ai averti que s'il ne calmait pas son ardeur, je l'enverrais coucher avec le chauffeur au 142.

C'était le genre d'histoire que Jos Gravel appréciait au plus haut point. Ce vieux chenapan en avait vu et vécu de toutes les couleurs. Fils de bûcheron, il n'avait pas tardé, dès sa tendre jeunesse, à devenir entrepreneur dans les chantiers. Sa spécialité était la construction de routes en forêt. Grâce à certains filons politiques, il avait obtenu des contrats de voirie de plus en plus importants dans la région. Son plus grand coup de théâtre avait été l'obtention du contrat pour la rénovation de la route traversant toute la vallée de la Matapédia. Pour travailler plus rapidement et avec plus de profits, il avait placé des barrières et des bureaux de péage aux deux extrémités du parcours, jusqu'à ce que cet état de choses parvienne à l'attention du ministre de la voirie, lequel s'est présenté lui-même, sans avertissement, à la barrière de Mont-Joli. La route était déjà terminée depuis deux semaines et Gravel, sans doute par oubli, continuait à percevoir le prix d'entrée. Le ministre, bien sûr, fit sauter les barrières, mais Jos avait déjà fait fortune et s'employait vigoureusement à la dépenser. Il fut porté disparu pendant deux années. Il s'amusait follement à Montréal. Cassé comme un clou, il rebondit à Beaurivage où il ne tarda pas à se renflouer grâce à ses connaissances dans le domaine forestier et à son audace en affaires. Maintenant, sa prospérité fluctuait au rythme du marché de la pulpe et du papier.

Au poker, Jos n'était pas facile à battre. Son visage restait impassible et impénétrable et, surtout, ses nerfs étaient d'acier. Sur ce terrain, seul Roberval pouvait lui tenir tête.

Quant au docteur Lafièvre, il était prudent et ne gageait que s'il détenait une main solide. Cette stratégie lui permettait de sauver sa peau. Par contre, elle lui valait rarement des victoires éclatantes. Natif de la région, ses services médicaux, honnêtes et fiables, lui avaient créé une excellente clientèle.

Le juge Latour était le plus complexe de ces personnages. D'origine très humble, il avait fait de brillantes études de droit. Quelques cabinets prestigieux de la ville de Québec avaient même cherché à l'embaucher. Il avait préféré venir s'établir à Beaurivage, non pas pour se créer une réputation, mais simplement pour pratiquer le droit «près de son monde», comme il disait souvent. Il faut savoir qu'il était amateur de pêche et de chasse et que sa modeste pratique juridique lui permettait ces loisirs. Il était reconnu pour sa compétence et son bon jugement, sans pour autant avoir jamais atteint les sommets d'éloquence réservés aux plaideurs étincelants. Élevé à la magistrature encore jeune, il n'avait jamais cherché de promotion à des tribunaux supérieurs. Il se disait heureux sur le banc, dans son vieux palais de justice. Pourtant, parfois, il paraissait sombrer dans une mélancolie inexplicable, dont il s'échappait brusquement en lançant des bons mots ou en racontant des histoires cocasses.

Le juge se plaisait énormément aux soirées de poker de l'hôtel, surtout pour jouir de la compagnie de ses amis. Il ne tenait pas tellement au gain, mais sa mémoire phénoménale et sa vive intelligence lui méritaient le respect des autres joueurs. Le juge n'était pas facile à piéger, à la table de jeu comme sur le banc.

Il était presque minuit et les cinq compères s'apprêtaient à jouer leur dernière main quand, dans le hall, surgit le chauffeur d'autobus qui avançait en titubant vers Roméo. En le voyant, ce dernier avait laissé glisser son journal et était devenu subitement livide. Le chauffeur était manifestement ivre et peut-être violent.

— Je veux le numéro de chambre de l'hôtesse de notre autobus, déclara-t-il en anglais.

— On ne donne pas le numéro de chambre de nos clients, répondit le commis d'une voix chevrotante.

— Quoi! Tu me refuses, à moi le chauffeur? s'exclama-t-il en se penchant au-dessus du comptoir et en empoignant Roméo par la cravate.

Voyant le visage de Roméo passer du blanc à l'écarlate, Roberval se rendit compte de la gravité de la situation, se précipita vers le Noir et déposa une lourde main sur son épaule. Le chauffeur fit volte-face, s'apprêtant à taper sur l'intrus. Heureusement pour lui, il était tout de même suffisamment sobre pour apprécier la stature du colosse. Pendant que Roméo rajustait sa cravate et reprenait son souffle, le chauffeur expliqua poliment à l'hôtelier qu'il voulait discuter l'itinéraire du lendemain avec l'hôtesse.

— Si tu veux absolument lui parler, répondit Roberval, va dans la cabine téléphonique et nous allons te relier à sa chambre. Cependant, vu l'heure tardive, je te recommande fortement d'aller faire un beau dodo. Tu ne t'en sentiras que mieux demain matin.

Le gros bon sens de la suggestion, combiné à la prestance de Roberval, eurent le don d'éclaircir les esprits du chauffeur qui se dirigea à pas lourds vers sa chambre. Roméo respirait déjà mieux.

À la table à cartes, Jos Gravel remportait la dernière main avec une paire d'as. Ses gains, ainsi renfloués, n'égalaient tout de même pas l'amoncellement de jetons empilés devant l'hôtelier. Quant à Flo et au docteur Lafièvre, ils étaient tous les deux fauchés. Pour sa part, le juge Latour avait réussi à s'en tirer sans perte. Satisfait de son sort, ce dernier déclara d'un air solennel que la séance était levée.

Chapitre III

Un miracle sur la rivière Restigouche

L'ABBÉ JOSEPH-MARIE SAINTE-CROIX, curé de Beaurivage, était au septième ciel. Invité du Beaurivage Salmon Club, il flottait sur la rivière comme dans un nuage de rêve. Au cours des vingt années consacrées à la direction spirituelle de ses ouailles, il avait pu se permettre assez régulièrement une petite tournée de pêche, ce qui avait grandement agrémenté son bonheur temporel et, par ricochet, sa vie spirituelle.

Seul à bord de son canot, il lançait sa ligne dans le courant, heureux comme une truite dans l'eau fraîche, et profitait des derniers rayons du soleil de fin d'été. Loin de lui les sermons, le bréviaire, les confessions, les processions, les messes, les vêpres, les communions solennelles, les baptêmes, les mariages et les enterrements. Plus loin encore, le séminaire, la théologie, la chapelle, les dortoirs, les réfectoires, les pères supérieurs et les monseigneurs. Il était aux petits oiseaux, debout dans son canot.

Monseigneur l'évêque lui avait confié une bonne paroisse, des gens honnêtes, religieux et généreux. La fabrique n'avait plus de dette, le presbytère était en excellente condition, les deux petites sœurs cuisinières lui préparaient d'excellents repas. Les plats s'étaient améliorés au cours des années; pas de la haute gastronomie, bien sûr, mais de la fine popote.

Ses paroissiens n'étaient pas tous des anges, évidemment. Ils aimaient la vie, faisaient la fête à l'occasion. Dieu sait s'il pouvait y avoir beaucoup de ces occasions dans un centre touristique comme Beaurivage. Quant aux péchés de la chair, il en entendait des belles à confesse, mais, vraiment, il s'agissait de paroissiens en forte santé, trépignant de joie de vivre. Il n'hésitait pas à accorder l'absolution, à tour de bras. Dans le temps de Pâques, il en avait le coude fatigué.

Le seul problème, c'était qu'il n'y avait vraiment pas d'activités organisées pour les jeunes. Plus l'abbé y pensait, plus il se rendait compte du manque de distractions convenables à la portée de la jeunesse de Beaurivage. Pas de théâtre, pas de piscine communautaire, pas de sport professionnel. Pas surprenant qu'ils dépensaient leur énergie dans des aventures moins structurées, mais tout de même marquées au sceau de l'imagination, de quoi meubler les confessions d'aveux piquants et intrigants. Il sentait cependant qu'à titre de chef spirituel, il se devait de trouver un débouché valable à la vitalité de ses jeunes. Lui-même pouvait dépenser son surcroît d'énergie à la pêche puisqu'il recevait des invitations des clubs. Plusieurs de ces Américains étaient de bons catholiques, et les protestants étaient tout de même assez civilisés pour comprendre l'importance d'un voisinage amical avec les représentants de Dieu. Par contre, peu de ses paroissiens bénéficiaient d'une telle largesse de la part des propriétaires des clubs. Au contraire, ils étaient pourchassés impitoyablement par les gardes-pêche aussitôt qu'ils lançaient une ligne à l'eau.

Plus le bon curé réfléchissait à la situation, plus il se sentait mal à l'aise dans son canot. Était-il bienséant de sa part de se pavaner sur la rivière au vu et au su de tous ses paroissiens alors qu'eux devaient se contenter de le saluer de la rive? Était-il normal d'interdire aux Beaurivageois de pêcher dans la rivière qui traversait leur village, leur propre rivière? Était-il acceptable de se laisser ainsi dominer par des millionnaires d'un autre pays? Est-ce qu'une telle forme d'asservissement n'allait pas à l'encontre des principes les plus fondamentaux du christianisme? Et ces gens qui étaient ainsi privés des fruits de leur héritage étaient ses propres ouailles. Il fallait y voir! Déjà l'esquisse d'un puissant sermon germait dans l'esprit du curé. Il embobina sa ligne, leva l'ancre et rama vers le quai.

L'église était pleine à craquer quand monsieur le curé monta résolument en chaire le dimanche suivant. Après les petites annonces hebdomadaires, les baptêmes, les mariages, les décès et les avis de quêtes spéciales, il entra dans le vif du sujet.

— Mes bien chers frères, je suis votre curé depuis vingt ans. Vous savez tous comme je suis heureux parmi vous. Vous savez combien je suis reconnaissant à Son Excellence, Monseigneur l'évêque, de bien vouloir me garder dans cette paroisse. J'aime le monde ici, je m'émerveille tous les jours du magnifique paysage qui nous entoure, j'adore la pêche au saumon.

«Hier, tout en m'adonnant à ce passe-temps grâce à l'invitation d'un club, je me suis soudainement rendu compte que je bénéficie très souvent d'un privilège qui vous est refusé. Je me suis senti très embarrassé en conscience, devant moi-même et devant Dieu. À titre de pasteur, je jouissais d'un plaisir qui vous est défendu. J'ai prié le Seigneur. Je lui ai demandé de me pardonner et de m'éclairer. J'ai pris la résolution de ne plus jamais accepter d'invitation tant que le droit de pêche ne sera pas accordé à chacun d'entre vous.

«Il ne m'appartient pas de régler ni même de discuter l'aspect juridique du problème. Je n'ai pas une telle compétence. Mais, il me semble qu'à titre de citoyens de ce pays, vous avez le droit fondamental, immuable et constitutionnel, de pêcher dans une rivière qui coule devant vos propriétés.

«Votre administration municipale, provinciale ou fédérale, je ne sais trop laquelle, et cela a peu d'importance devant Dieu et devant les hommes, vos gouvernements, dis-je, ont aliéné vos droits pour des plats de lentilles. Or, vos droits sont inaliénables et vous vous devez de les reprendre.

«Je ne veux pas, bien sûr, vous inciter à la révolte. Au contraire, je vous demande, je vous conjure de demeurer calmes. Mais je suis convaincu, car je vous connais bien, que vous allez vouloir vous faire entendre, en commençant par le gouvernement le plus près de vous, votre propre administration municipale. Si votre maire et vos conseillers dorment depuis tant d'années, à vous de les réveiller!

«Que la Providence vous bénisse et vous inspire le courage d'aller jusqu'au bout. Ainsi soit-il.»

Galvanisés par les foudres d'une telle éloquence, les paroissiens ne sont parvenus à se contenir que bien difficilement. L'électricité était dans l'air. Mademoiselle Eulalie Lachapelle, présidente des Dames de Sainte-Anne, était déjà debout pour entamer le credo avant même que le curé ne soit complètement descendu de la chaire. Les deux marguilliers couraient dans l'allée avec leurs plateaux de quête. Le bedeau, grimpé dans le clocher, faisait tinter toutes les cloches, même la grosse Bertha, réservée à la procession de la Fête-Dieu. La paroisse venait de se réveiller.

Eulalie attendait ses dames sur le perron de l'église et les convoqua immédiatement en assemblée plénière à la salle paroissiale. Le dîner familial à la maison pouvait attendre. Elle connaissait ses priorités.

— Mesdames, il nous faut prendre nos responsabilités immédiatement. Je propose que l'on forme une délégation pour rencontrer le maire dès le début de l'après-midi. Est-ce que tout le monde est d'accord? La motion est adoptée. Nous nous réunissons devant son magasin à une heure tapant. Il ne faut pas l'avertir, le coquin pourrait s'inventer une excuse pour disparaître.

Le maire, Robert W. Farthington, avait passé un samedi soir très intéressant. Tout d'abord, il s'était rendu à l'hôtel Champlain rencontrer ses conseillers au bar, à l'heure du cocktail – réunion d'urgence, très fructueuse, où ils avaient discuté à fond le budget de la municipalité. Puis il avait soupé à l'hôtel, en compagnie de la trésorière du village. Par après, il avait transporté ses activités à la Légion où il avait eu l'occasion de revivre jusque tard dans la nuit, en compagnie de ses anciens compagnons d'armes, les campagnes d'Italie, de France et de Hollande. Enfin, au

petit jour, lui et ses plus fidèles camarades entre-
prirent leur dernier combat avec une cruche de vin
dans son bureau, au fond du magasin.

Monsieur le maire commençait à ouvrir péniblement son premier œil quand il entendit une cacophonie de voix féminines provenant de la rue. Il croyait
vivre un cauchemar d'où il essayait de se soustraire
en secouant vigoureusement la tête. Malheureusement pour lui, il ne s'agissait pas d'un mauvais rêve,
mais bien d'une cruelle réalité. Il leva discrètement un
coin de rideau et retomba, terrifié, sur son lit. Une
centaine de femmes l'attendaient devant le magasin et
s'apprêtaient à frapper à sa porte. Il se passa rapidement le visage à l'eau froide et, courageusement, alla
à leur rencontre.

— Monsieur le maire, entonna Eulalie d'une voix
déterminée, nous sommes venues vous rencontrer
aujourd'hui au sujet d'une cause très importante
pour l'avenir de Beaurivage.

— Je suis enchanté d'avoir ce privilège inattendu
de vous recevoir aujourd'hui, répondit le maire, secoué
jusqu'au fond de sa gueule de bois par le volume
retentissant de sa propre voix. Je suis toujours à
votre service.

— Au nom de toute la paroisse, nous vous an-
nonçons qu'à partir d'aujourd'hui nous prenons possession du droit de pêche sur la Restigouche. Nous,
les Dames de Sainte-Anne, adhérons au principe
fondamental selon lequel le droit de pêche sur notre
propre rivière appartient aux habitants de notre municipalité et non aux citoyens d'un autre pays.

Écrasé par l'énormité de la proposition, monsieur
le maire resta bouche bée, pour la première fois depuis

que son épouse lui avait annoncé qu'elle demandait le divorce. Les tambours redoublèrent d'intensité à l'intérieur de son crâne. Sa langue sèche décollait difficilement.

«Monsieur le maire, poursuivit Eulalie, nous sommes surprises que vous n'ayez rien à nous dire. Êtes-vous totalement insensible aux aspirations de vos concitoyens et concitoyennes?»

Mis au pied du mur, monsieur le maire, ou «Gros Bob», comme on l'appelait communément, parvint enfin à réactiver ses méninges.

— Mes chères dames, bien sûr que je ne suis pas insensible à vos préoccupations. Je voulais tout de même réfléchir avant de vous répondre. Si je vous comprends bien, vous avez décidé de récupérer les droits de pêche sur la rivière dans les limites territoriales de la municipalité de Beaurivage. C'est une conception toute nouvelle, que je sache. Je ne dis pas que votre approche n'est pas la bonne. Je veux cependant considérer avec vous les conséquences.

Gros Bob, sentant ses forces lui revenir petit à petit, continua sa harangue avec plus de confiance.

«Vous ne devez pas oublier que ces droits et privilèges ont été achetés ou loués par les présents propriétaires, il y a un grand nombre d'années. Est-ce que la municipalité a le droit de les exproprier? J'en doute. Et, dans l'affirmative, est-ce que nous avons les fonds nécessaires pour payer la compensation? Il nous faudrait probablement majorer les taxes foncières.

Convaincu qu'il avait maintenant repris l'initiative, Gros Bob commit l'erreur de pousser un peu trop loin son argumentation.

«De plus, Beaurivage est un centre touristique. Les clubs de pêche sont nos meilleurs employeurs. Qui va trouver de l'emploi pour nos pères de famille, nos jeunes, si les Américains s'en vont? Les Dames de Sainte-Anne?»

— Gros Bob, l'interrompit Eulalie d'un ton sec, nous en avons assez de votre verbiage. Nous voulons savoir immédiatement si vous avez l'intention d'assumer votre rôle, le rôle pour lequel vous avez été élu, le rôle de nous diriger vers la libération de notre patrimoine. Oui ou non?

— Mes chères dames, la situation n'est pas aussi simple et aussi limpide que vous voulez le croire. Évidemment, tout le monde aimerait taquiner le saumon. Mais la rivière serait vidée en peu de temps s'il n'y avait plus aucun contrôle. Les clubs sportifs financent un système de sécurité et de protection de la pêche très efficace. Vos maris et vos fils y participent et y trouvent leur gagne-pain...

— Nous perdons notre temps à vous écouter, lui lança Eulalie. Vous ne faites pas sérieux. Nous vous attendons aux prochaines élections!

Le maire, épuisé, retourna lentement à sa chambre. Il appréhendait de bien mauvais jours à venir.

De leur côté, les Dames de Sainte-Anne redoublaient d'ardeur. Avant la fin de la journée, elles avaient embrigadé les Enfants de Marie, les Dames tertiaires, l'Ambulance Saint-Jean, les scouts et la chorale. Elles se préparaient à approcher la Légion et les Chevaliers de Colomb.

Le village était en pleine ébullition, divisé en deux camps. D'un côté, les idéalistes imbus de principes radicaux de droit et de liberté. On les appelait maintenant les «Eulalistes». De l'autre côté, les réalistes qui trouvaient leur emploi directement ou indirectement dans l'industrie touristique. On les appelait les «Régicides», parce qu'ils avaient à leur tête nul autre que Régis Roberval, l'hôtelier à voix forte et à bar ouvert. Les plus malins les qualifiaient également de «Roberveaux». Donc, deux adversaires de taille se faisaient face. Eulalie propageait sa doctrine à partir de l'église et des organismes paroissiaux. Roberval rayonnait autour de l'hôtel. Une lutte sans merci s'était engagée.

Lucien Brodeur, annonceur et nouvelliste au poste local de radio C.H.N.B., suivait de près les événements et interviewait les personnages intéressés ou intéressants de Beaurivage. La plus accessible et la première au micro fut Eulalie.

— Mademoiselle Lachapelle, avez-vous l'intention de poursuivre votre campagne?

— Jusqu'au bout.

— De quelle façon allez-vous vous y prendre pour obtenir des résultats?

— Il nous faut d'abord attirer l'attention du public pour le stimuler et le gagner à notre cause.

— Avez-vous un plan précis?

— Oui. Dimanche prochain à deux heures de l'après-midi, nous organisons une marche où toute la population sera invitée et nous irons officiellement prendre le contrôle de la rivière. Nous attendons une foule énorme. Les organismes paroissiaux de tous les villages environnants viendront nous prêter main forte.

L'annonceur se rendit ensuite à l'hôtel pour chercher un protagoniste de l'autre point de vue. Flo était en train de rafistoler une enseigne à la porte d'entrée.

— Monsieur Tremblay, approchez-vous donc du micro s'il-vous-plaît. Êtes-vous au courant de la controverse relativement à la pêche sur la rivière?

— Oui, monsieur.

— Voulez-vous nous donner votre opinion à ce sujet?

— Certainement. Si on ouvre la rivière au public, on est aussi bien de fermer le village. Dans peu de temps, il n'y aura plus ni poissons ni touristes.

— Eh! jeune homme, venez donc ici. Vous êtes le jeune Marquis, je crois.

— Oui, je suis Léon Marquis. Je travaille à l'hôtel pendant mes vacances.

— Pensez-vous que l'on devrait ouvrir la rivière au public?

— Mon père me disait justement que le saumon doit être pêché avec modération et la pêche limitée à des saisons très courtes et bien surveillées. Autrement, le saumon peut disparaître comme dans bien d'autres rivières près des grandes villes du Canada et d'autres pays.

— C'est un point de vue. Nous retournons maintenant à nos studios.

Pendant ce temps, Roberval faisait campagne dans sa taverne, distribuait les poignées de main, cajolait, payait des traites et répétait son mot d'ordre, son slogan, son cri de guerre : «Il faut sauver Beaurivage!»

Au presbytère, le curé Sainte-Croix était devenu songeur et craintif. Il se rendait compte qu'il avait divisé ses ouailles en deux camps et qu'il ne serait pas facile de rétablir l'unité et la paix une fois l'affaire réglée. Il ne voyait même plus comment le problème pouvait être résolu. Bien involontairement, il avait excité les passions et bousculé l'ordre établi, sans avoir prévu de porte de sortie. Découragé, il demanda à la Providence de venir à son secours.

Et il fut exaucé d'une façon inattendue et dramatique.

À l'heure indiquée, une foule énorme s'était assemblée sur les deux rives de la Restigouche. L'annonceur, Lucien Brodeur, était posté sur le pont qui enjambe la rivière au centre du village et décrivait la situation à ses auditeurs.

— Bonjour, mesdames et messieurs, il y a des milliers de personnes ici cet après-midi qui sont venues assister à la prise de possession de la rivière et à la confrontation entre les deux groupes adversaires, les Eulalistes qui veulent retourner la Restigouche à la population locale, et les Régicides qui préfèrent le statu quo, le contrôle des eaux par les millionnaires américains.

«Nous avons une journée splendide aujourd'hui. La population semble de bonne humeur. Il n'y a pas de chamaille. Tout le monde se taquine. On attend surtout l'arrivée des Eulalistes qui doit se produire d'un instant à l'autre. Les Régicides sont déjà en place et plaisantent entre eux. On reconnaît leur leader, Régis Roberval, qui est tout près de moi sur le pont. Tous les gens de l'hôtel Champlain sont présents. Du côté nord de la rive, nous voyons le garde-pêche Rodolphe Marquis et, près de lui, son fils Léon qui est déjà presque aussi grand que son père. Les deux frères MacTavish, récemment sortis de prison, se bousculent l'un l'autre et rient avec les Marquis.

«De l'autre côté de la rivière, nous remarquons les notables de Beaurivage. Son Honneur, monsieur le juge Latour, jase gaiement avec son épouse et sa belle grande fille, Rénalda. Monsieur le maire Farthington et tous les membres du conseil sont à ses côtés. La trésorière se tient tout près de Gros Bob. Le docteur Lafièvre est présent avec son épouse et ses nombreux enfants. L'entrepreneur Jos Gravel affiche un large sourire. L'on distingue Friola Champagne dans le décor.

«Attention! Voici la procession qui descend la côte de l'église! En tête, le corps de clairons de la paroisse Saint-Anselme, suivi de la fanfare de Sainte-Joséphine. Voici les Enfants de Marie de Saint-Eusèbe, les Dames tertiaires de Beaurivage, l'Ambulance Saint-Jean de Beaurivage, la chorale de Saint-Tancrède.

«Je ne vois pas le curé Sainte-Croix. Un instant, on m'informe du studio que monsieur le curé ne participera pas à la manifestation. Il a fait savoir que ce n'était pas une cérémonie religieuse mais une manifestation laïque. Il a également déclaré que ce n'était pas une «procession» mais un «défilé».

«Alors la procession, je veux dire le défilé, s'avance. D'autres groupes commencent à apparaître dans la côte de l'église. Voici maintenant les Dames de Sainte-Anne de toutes les paroisses avoisinantes, en très grand nombre. Je présume que dame Eulalie Lachapelle apparaîtra en tête du groupe de Beaurivage.

«Non! On m'apprend du studio qu'Eulalie va descendre la rivière en canot et doit se présenter incessamment. En effet, voici un canot qui arrive dans le tournant de la rivière. On distingue assez nettement un personnage, tout habillé de noir, debout à l'avant de l'embarcation, une figure de proue, quoi! Oui c'est bien Eulalie qui commence de loin à saluer la foule. C'est Eulalie!

«Une autre surprise! Celui qui pilote le canot est nul autre que le guide Ludger Legros! Celui-là même qui devait purger une peine de deux ans pour avoir attaqué le garde-pêche Marquis.»

Ce que l'annonceur Brodeur ne savait pas, c'est que Ludger avait fait appel et avait été libéré sous caution. Par contre, il avait perdu son emploi au club Brandy Brook, incident qui avait doublé son antipathie envers les gardes-pêche et les sportifs américains. À titre de membre de l'Ambulance Saint-Jean de Beaurivage, il avait immédiatement offert ses services aux Eulalistes. Ces derniers s'étaient empressés d'accepter, attendu qu'il était le seul guide à partager leurs convictions.

Le canot s'approchait maintenant du pont et Eulalie saluait de plus belle la population massée sur les deux rives et sur le pont. En levant la tête pour rendre hommage à ses supporteurs, elle perdit pied et culbuta la tête la première dans la rivière.

Un frisson d'effroi glaça les spectateurs. Eulalie se débattait dans le courant, prisonnière de sa grande robe noire qui entravait ses mouvements. Ludger, ancien bûcheron qui n'avait jamais appris à nager, impuissant et désemparé, laissait le canot tourner en rond et descendait à la dérive dans le courant.

Tout à coup, la foule vit un homme immense grimper sur le parapet du pont et plonger, sans hésitation, directement dans la fosse aux saumons. L'on reconnut Régis Roberval remontant à la surface et nageant vigoureusement vers Eulalie qui avait cessé de se débattre et s'enfonçait.

Ce geste chevaleresque et audacieux de la part de l'adversaire galvanisa la foule qui se mit à hurler ses encouragements au nageur. Une lueur d'espoir exalta les Eulalistes aussi bien que les Régicides qui, tous ensemble, tendaient les bras vers leurs deux héros, lesquels se rapprochaient l'un de l'autre dans la rivière. Après quelques brassées puissantes, Roberval réussit à empoigner la grande robe noire avant qu'Eulalie ne disparaisse complètement sous l'eau. Soulevant la femme d'un bras et nageant à contre-courant de l'autre, il parvint à la ramener au rivage. Aux yeux de tous, elle se leva, se jeta dans les bras de son sauveteur et l'embrassa tendrement.

Un délire de triomphe, de soulagement et d'émotion s'empara des Beaurivageois. Sur la grève, les guides enlaçaient les Enfants de Marie. Du haut du pont, les corps de clairons et les fanfares répandaient dans les airs leurs notes de trépidante gaieté. Et, haut dans le ciel, l'on entendit les cloches de l'église, y compris la grosse Bertha, tinter à toute volée. C'était le curé Sainte-Croix qui, ayant suivi les événements à la radio, était grimpé rapidement dans le clocher pour signaler qu'il partageait l'allégresse de ses ouailles.

Le miracle s'était produit. Beaurivage était sauvé!

Chapitre IV

Un procès sensationnel

L ÉON MARQUIS, après l'obtention de son diplôme et son admission au barreau, décida de pratiquer le droit à Beaurivage. Il avait songé longtemps et sérieusement à de plus grands centres, surtout Montréal, où les possibilités de causes intéressantes étaient sûrement plus nombreuses, tandis que la profession d'avocat dans un petit village était plafonnée. Par contre, ses parents avaient consenti à tant de sacrifices pour le faire instruire qu'il ne voulait pas les abandonner. Ils ne l'auraient pas suivi en ville. On ne déracine pas facilement un garde-pêche. De plus, Léon avait toujours été heureux à Beaurivage, il connaissait tout le monde et la perspective d'une vie sans prétentions lui plaisait beaucoup. Derrière toutes ces considérations, réelles et valables, germait un autre motif, jamais mentionné à ses parents et à peine admis par lui-même, une autre personne prenait de plus en plus d'espace dans ses pensées et dans son imagination. Depuis son enfance, il avait remarqué la présence de Rénalda Latour. Bien sûr, les Marquis ne fréquentaient pas le même milieu que la famille du juge Latour mais, dans un village, tout le monde se côtoie. Les enfants se rencontrent à la petite école, se perdent de vue au cours des études secondaires, et se revoient plus tard, du moins ceux qui reviennent. Comme avocat pratiquant à Beaurivage, les occasions de rencontrer Rénalda deviendraient plus nombreuses et plus faciles.

Pour le moment, Léon était en train de meubler le petit cabinet qu'il venait d'aménager au-dessus de la pharmacie Deschamps, rue Pontiac, en face de l'hôtel Champlain. Il connaissait le pharmacien Hubert Deschamps depuis toujours. Ce dernier, homme affable et distingué, lui avait offert un bail à des conditions très généreuses. D'ailleurs, il avait une haute opinion du jeune avocat et savait bien que sa présence à l'étage supérieur ne manquerait pas «d'amener de l'eau au moulin», comme il l'expliquait à son épouse.

Léon arrivait justement à son bureau quand il fut accosté par le pharmacien.

— Es-tu au courant de la nouvelle qui se répand dans le village?

— Pas encore, lui répondit Léon.

— Je viens d'apprendre que Friola Champagne a été assassinée. On a trouvé le corps dans sa chambre, à l'hôtel Champlain.

— Vous n'êtes pas sérieux! Je l'ai entrevue encore hier, qui me saluait de la galerie de l'hôtel. Qui a bien pu faire une telle saloperie? Une fille si charmante, qui n'avait que des amis.

— La police enquête dans le moment. On en saura sans doute plus long bientôt. Bonne journée, Léon.

Assis à son pupitre, Léon ne parvenait pas à chasser l'image de Friola de son esprit. Il se souvenait encore de son arrivée à l'hôtel, pendant qu'il y travaillait déjà lui-même, au cours des vacances d'été. Elle était un peu plus âgée que lui – il avait alors tout juste seize ans. Un vrai beau brin de fille, pétillante, toujours de bonne humeur. Léon se rendait compte qu'elle faisait tourner la tête à bien des hommes. Lui-même ne se lassait pas de l'admirer, tout en se sentant trop jeune pour flirter avec elle et, de toute façon, il n'aurait vraiment pas su trop comment s'y prendre si, d'aventure, elle s'était intéressée à lui. Il avait parfois entendu des commentaires osés à son sujet de la part de quelques jeunes vantards. Il n'y avait pas trop porté attention, se doutant bien que ces fanfarons prenaient leurs désirs pour la réalité.

Il fut tiré de ses songeries par sa secrétaire, lui annonçant l'arrivée de son premier client, l'entrepreneur Jos Gravel.

— Bonjour, monsieur Gravel, venez vous asseoir. Les affaires vont bien?

— Oui, Léon, les affaires vont rondement. Le marché de la pulpe est excellent ces temps-ci. Enfin, ce n'est pas exactement de mon commerce que je veux discuter avec toi. J'ai besoin de tes conseils. Je sais bien que tu es jeune et que tu ne fais que débuter dans la pratique du droit, mais je te connais depuis que tu es petit gars et j'ai grande confiance en ton bon jugement et en ta discrétion.

Jos Gravel était normalement calme et jovial. L'examinant attentivement, Léon devina qu'il avait devant lui un homme inquiet, même troublé.

— Monsieur Gravel, je ne connais pas encore votre problème. Vous pouvez vous confier à moi sans hésitation. Je ferai tout en mon pouvoir pour vous aider. Allez-y.

— Bien, ce n'est pas trop facile à expliquer. C'est une affaire bien triste qui vient de se produire, une situation un peu gênante pour moi. Je ne sais pas si tu l'as déjà appris, on a trouvé Friola morte dans sa chambre ce matin. La police a déjà commencé à faire enquête. Le détective Robidoux m'a téléphoné et veut me rencontrer en fin d'après-midi. Je vais avoir à répondre à des questions embêtantes. Je sens que j'ai besoin d'un avocat pour me conseiller, même me défendre si le pire arrivait.

— J'hésite à vous questionner. Cependant, si je dois vous représenter, il va falloir que j'en sache davantage. Encore une fois, soyez assuré de ma discrétion. Pourquoi pensez-vous que l'inspecteur Robidoux s'intéresse à vous relativement au décès de cette pauvre Friola?

— C'est précisément la réponse à cette question qui m'embête. Commençons par le commencement. Tu sais que je suis veuf depuis quelques années. Tu n'es pas sans savoir non plus que je ne suis pas un ange. J'aime la vie, je suis aventurier, affectueux. J'aime les femmes. Quand Friola est arrivée à l'hôtel, j'ai complètement perdu les pédales. Je me suis conduit comme un vieux fou. Je lui ai fait la cour à fond de train. J'ai commencé par les fleurs et les chocolats, ensuite ça été les cadeaux, les voyages, les petits soupers à la chandelle. Tu sais que j'ai de l'expérience, un peu de charme et beaucoup de tours dans mon sac. Finalement, j'ai réussi à la conquérir et à la séduire.

— L'amour entre deux adultes libres et consentants n'est pas un crime à ce que je sache, avança Léon pour faciliter la conversation.

— Tu as parfaitement raison, mais j'étais dans sa chambre à l'hôtel la nuit dernière. Quelqu'un a dû m'apercevoir, ce qui expliquerait la visite de Robidoux.

— Quand vous êtes parti de sa chambre, est-ce que Friola était en bonne santé?

— Bien sûr, très vivante, même si elle était un peu endormie quand je l'ai quittée, vers une heure du matin.

— Dans ces circonstances, je crois qu'il vaut mieux attendre de connaître les intentions de la police. Quand Robidoux viendra vous voir, dites-lui que vous ne voulez pas lui parler en l'absence de votre avocat. Donnez-moi un coup de fil et je me rendrai chez vous immédiatement.

— Merci, Léon, je sais que je peux compter sur toi. À plus tard.

Pendant ce temps, les rumeurs couraient furieusement dans Beaurivage. Chacun offrait sa version de l'événement. À voix basse, on s'échangeait les noms des suspects. Roméo Latendresse, le commis de l'hôtel, dont la réputation de flirteur était solidement établie, était le numéro un. D'autres mentionnaient le nom de Flo Tremblay, fourré partout et qui se promenait librement dans tous les coins de l'hôtel. Quelques-uns parlaient du chef cuisinier français, Antoine Fougères, qui vivait à l'hôtel et puis, vous savez, les Français sont toujours des romantiques passionnés. À voix encore plus basse, en petit comité, on se soufflait à l'oreille la possibilité que le propriétaire de l'hôtel, Régis Roberval, soit impliqué; il ne gardait pas cette belle fille à l'hôtel seulement pour ses beaux yeux.

Plus tard, dans la journée, Léon reçut un coup de fil de Jos Gravel et se rendit chez lui. Il habitait, dans le quartier résidentiel, une des demeures les plus somptueuses du village, voisine de la maison du juge Latour. Justement, Rénalda jardinait avec sa mère dans leur potager près de la rue. Elle adressa un beau sourire à Léon quand elle le vit arriver chez Gravel.

Ce dernier et Robidoux étaient dans le salon, attendant le jeune avocat. L'inspecteur, grand, sec, courtois, manifestait beaucoup d'assurance. Une fois les politesses préliminaires terminées, Léon demanda à l'inspecteur quelles étaient ses intentions à l'égard de Gravel.

— Voici, Me Marquis, un meurtre a été commis en fin de soirée ou en début de matinée à l'hôtel Champlain. Une serveuse, Friola Champagne, a été trouvée morte, nue dans son lit, apparemment étranglée par un bas de soie enroulé autour du cou. Nous faisons enquête. Nous interrogeons plusieurs personnes. En ce qui a trait à votre client, monsieur Gravel, nous voulons savoir où il était hier soir.

— Le considérez-vous comme suspect? Avez-vous l'intention de porter une accusation contre lui?

— Il est trop tôt pour le savoir. L'enquête ne fait que débuter. Pour le moment, oui, nous le considérons comme suspect, au sens où il est une des personnes qui méritent d'être soupçonnées.

— Dans ces circonstances, il y a possibilité que toute déclaration de sa part se retourne contre lui. Je vais donc lui conseiller de ne pas répondre à vos questions.

— Si c'est votre attitude, je vais obtenir un mandat d'arrestation.

— Faites votre devoir, monsieur Robidoux, et je ferai le mien, lui répondit l'avocat.

L'entrevue était terminée. Gravel reconduisit l'inspecteur à la porte et revint au salon discuter avec Léon.

— Alors, mon Léon, c'est sérieux, notre affaire?

— Oui, monsieur Gravel, très sérieux. La police est sûrement au courant de votre visite dans la chambre de Friola hier soir. Une fois le mandat signifié, on obtiendra vos empreintes digitales et on les comparera à celles que vous avez sans doute laissées un peu partout dans la chambre. J'imagine que vous ne portiez pas de gant. Avez-vous touché à ses bas?

— Attends que j'y pense. Oui, je me souviens de les lui avoir enlevés moi-même sur le bord du lit. Elle portait de grands bas de soie noirs.

— Avez-vous vu quelqu'un quand vous êtes entré ou sorti de chez elle?

— Roméo m'a parlé dans le hall d'entrée. C'était notre soirée de poker. Je ne sais pas s'il m'a vu me glisser par la porte donnant sur l'escalier qui descend à l'étage des filles.

— Avez-vous une idée de qui aurait pu assassiner Friola?

— Non, aucune. C'est une fille qui ne parlait pas beaucoup de ses relations. Elle était très réservée.

— Bon, pour le moment soyez très discret vous-même et ne répondez à aucune question des policiers, ni de personne d'autre que moi. C'est votre droit de demeurer muet. Attendez-vous à ce que Robidoux revienne avec un mandat d'arrestation. Appelez-moi immédiatement et je présenterai une requête pour vous faire libérer sous caution. S'il faut déposer une somme importante, je présume que vous avez un bon banquier?

— Il n'y a pas de problème là.

En sortant de chez Gravel, Léon alla faire un brin de jasette avec Rénalda et madame Latour dans leur jardin. Il ne put s'empêcher de remarquer combien Rénalda avait mûri et encore embelli. Il faut dire qu'il ne l'avait pas vue de près au cours des dernières années. Leurs études respectives les avaient éloignés tous les deux de Beaurivage. Après quelques plaisanteries amicales, il se sépara des deux dames pour retourner au bureau.

L'arrestation de Jos Gravel eut lieu comme prévu; Léon obtint sa libération sous caution et une enquête préliminaire détermina qu'il y avait suffisamment de preuves contre lui, donc matière à procès. Celui-ci fut fixé au début de septembre, au palais de justice de Beaurivage.

La nouvelle de l'accusation portée contre Jos Gravel frappa le village comme un coup de foudre. Tout le monde savait que Jos était un vieux coquin. On se doutait qu'il se permettait des aventures. À titre de célibataire, c'était son droit. De plus, il en avait les moyens. Jos était gentil avec tous ceux qu'il rencontrait, généreux, enjoué, fin causeur, enfin l'ami de tous. Personne ne voulait croire à sa culpabilité; Jos n'avait tout simplement pas l'étoffe d'un meurtrier. Aussi l'ouverture du procès était-elle attendue avec fébrilité. De plus, c'était le premier meurtre commis à Beaurivage depuis la fondation du village. Et l'accusé, aussi bien que la victime, étaient des personnages hauts en couleur.

De son propre chef, le juge Latour se récusa de la cause, vu l'amitié qui le liait à l'accusé. Les autorités assignèrent au procès le juge Anatole Mignon, de la

Cour supérieure de Québec, petit homme autoritaire et procédurier, qui aurait préféré passer le mois de septembre à Paris, où il avait été invité à donner quelques cours en droit constitutionnel canadien.

Tous les sièges étaient occupés depuis longtemps et une foule considérable attendait à l'extérieur quand le juge Mignon fit son entrée dans la salle du palais de justice, précédé de l'huissier qui entonna d'une voix impérieuse les paroles traditionnelles d'ouverture :

— Oyez! Oyez! La cour est ouverte. Debout, s'il vous plaît!

Une fois le juge bien assis, le greffier se dérhuma et annonça :

— La Reine contre Joseph Eusèbe Gravel. Sa Seigneurie le juge Anatole Mignon de la Cour supérieure préside. Veuillez vous asseoir, s'il vous plaît.

Jos Gravel était assis dans la boîte des accusés, son procureur à la table de la défense. À l'autre table se tenait l'avocat de la Couronne, en l'occurrence Me Lucien Lamarche, avocat de grande expérience, vieux routier du Palais. Après un moment de silence pour permettre à tout le monde de se caser, Sa Seigneurie opina du bonnet vers le procureur de la Couronne.

— Me Lamarche.

— Merci, Votre Seigneurie. La Couronne va tenter de démontrer que l'accusé, Joseph Eusèbe Gravel, est coupable du meurtre de Marie Friola Champagne. Nous allons prouver que, durant la nuit du 14 au 15 juin 1969, l'accusé a pénétré dans la chambre de la victime et l'a étranglée à l'aide d'un bas de soie. Les témoins que nous allons appeler attesteront que la victime a bien été étranglée et que l'accusé était sur

les lieux à ce moment. Il sera démontré, sans l'ombre
d'un doute raisonnable, que les empreintes digitales
de l'accusé apparaissent un peu partout dans la chambre de la victime, sur le bas de soie qui a servi à son
étranglement et sur ses autres vêtements. Il n'y a aucune preuve que d'autres personnes soient entrées
dans la chambre de la victime et aucune déclaration
de la part de l'accusé pour justifier sa présence dans
la chambre à cette heure de la nuit.

— Très bien, Me Lamarche, combien de témoins
comptez-vous appeler? demanda le juge.

— Votre Seigneurie, j'appellerai d'abord Roméo
Latendresse. Il a suivi les allées et venues de l'accusé
dans l'hôtel au cours de la soirée en question. Deuxièmement, le propriétaire Régis Roberval, lequel a également vu l'accusé dans le grand hall. Troisièmement,
le chef cuisinier qui a entrevu l'accusé à l'étage des
employés plus tard dans la nuit. Quatrièmement, le
coroner ayant constaté le décès de la victime. Ensuite,
le médecin légiste, qui décrira le décès par étranglement et, enfin, l'expert en empreintes digitales. Ce
dernier établira définitivement que les empreintes de
l'accusé ont été retrouvées à plusieurs endroits dans
la chambre de la victime, y compris sur le bas de soie
en question et ailleurs sur la victime, Marie Friola
Champagne.

— Alors, continuez, Me Lamarche, lui dit le juge.

Effectivement, les témoins confirmèrent tour à
tour les allégations du procureur. Roméo Latendresse
avait vu l'accusé dans le grand hall de l'hôtel. Il y avait
partie de poker ce soir-là, et les cinq habitués étaient
présents : Régis Roberval, le docteur Lafièvre, le juge
Latour, Flo Tremblay et Jos Gravel. Évidemment,

Roberval confirma ce témoignage. Antoine Fougères, le cuisinier, avait entrevu l'accusé dans le corridor d'en bas. Ces trois témoins avaient beaucoup d'estime pour l'accusé et étaient visiblement mal à l'aise dans la boîte. Toutefois, leur crédibilité était indubitable.

En contre-interrogatoire, ils ont cependant tous admis que d'autres personnes auraient pu emprunter l'escalier qui descendait à l'étage des employés. La porte ouvrant dans le hall était rarement barrée. Après la partie de poker, Roméo s'est trouvé seul dans le hall. Il a néanmoins reconnu qu'il n'était pas toujours au comptoir

Quant aux témoins experts, ils ont démontré scientifiquement que les empreintes digitales de l'accusé se retrouvaient dans la chambre et que même le sperme prélevé du corps de la victime était celui de Gravel. Aux questions précises de Me Marquis, ils ont concédé qu'il y avait d'autres empreintes digitales dans la chambre, en plus de celles de l'accusé et de la victime.

— Avez-vous vérifié à qui appartenaient les autres empreintes? demanda Léon.

— Non, notre mandat était de confirmer que celles de l'accusé se trouvaient sur les lieux. Il est tout à fait normal que différentes empreintes soient dans une chambre. Notre rôle n'était pas de chercher à qui toutes les empreintes appartenaient. Il aurait fallu que l'on mette à notre disposition celles d'autres suspects.

— Alors, persista Léon, d'autres personnes auraient pu se présenter dans la chambre au cours de la même nuit?

— C'est fort possible. Par contre, les spermatozoïdes étaient définitivement ceux de l'accusé.

Ainsi se termina la preuve de la Couronne. À l'ajournement de midi, Léon fit part de son inquiétude à son client.

— Monsieur Gravel, la preuve contre vous est très substantielle, même accablante. À ce stade des procédures, le jury peut sûrement vous relier au meurtre. Vous n'êtes pas tenu légalement de témoigner, je crois cependant que vous devez le faire. Dites tout au jury, comme vous l'avez déjà fait à mon égard. Si vous demeurez silencieux, le jury pourrait en conclure que vous êtes coupable. En revanche, votre sincérité a des chances de les convaincre du contraire.

— Léon, je ne t'ai pas tout conté. Friola m'a confié à quelques reprises qu'elle avait déjà été harcelée, et même menacée par quelqu'un. Je ne te l'ai pas révélé parce que cette personne est un de mes amis. Je soupçonne maintenant que cette personne a pu tuer Friola après mon départ de la chambre.

Cette révélation bouleversa Léon et, quand il apprit de Gravel le nom de la personne en question, il n'en crut pas ses oreilles. Sans hésiter, il conseilla à son client de tout dévoiler.

Après l'ajournement, Gravel monta dans la boîte des témoins et fut assermenté. Plus rien ne bougeait dans la salle, tous les yeux était rivés sur l'accusé. D'un ton serein, il retraça à partir du début son aventure amoureuse avec Friola, décrivit avec candeur ses sentiments à son égard, admit qu'il avait fait l'amour avec elle la nuit du meurtre et exprima toute la détresse qu'il éprouva à la nouvelle de son assassinat et qu'il ressentait encore. Secoué par l'émotion, il jura que, lorsqu'il était parti de la chambre, Friola était vivante et heureuse.

Il s'arrêta un moment, prit quelques gorgées d'eau d'un verre que Léon lui tendait et commença à raconter les confidences de Friola. Il s'apprêtait à répéter ses paroles au sujet du harcèlement et des menaces dont elle avait été victime quand il fut sèchement interrompu.

— Objection! Votre Seigneurie, interjeta Me Lamarche. Ce ouï-dire n'est pas admissible en preuve.

— Monsieur le juge, répliqua immédiatement Léon, le ouï-dire provenant d'une personne maintenant décédée est admissible en certaines circonstances. Voici la jurisprudence à ce sujet.

— Un instant, Me Marquis, prévint le juge. Il ne faut pas discuter de l'admissibilité d'une telle preuve devant le jury. Nous allons procéder par voir-dire. Le jury doit être exclu. Je demande aux membres du jury de se retirer.

En l'absence du jury, les deux procureurs débattirent l'admissibilité des déclarations d'une victime décédée. Me Marquis avait fait des recherches à ce sujet pendant l'ajournement de midi et était visiblement mieux préparé que Me Lamarche, lequel semblait désarçonné par la tournure inattendue des événements. Finalement, le juge Mignon, procédurier de longue expérience, décida du banc qu'il admettait en preuve les confidences de Friola à l'accusé, mais que, dans son résumé des débats à l'intention du jury, il examinerait la valeur probante d'une telle preuve, si elle n'était pas corroborée par d'autres faits pertinents. Il fit revenir le jury et Jos Gravel reprit son témoignage.

— Depuis quelque temps, Friola se plaignait qu'un grand ami à moi la pourchassait. Semble-t-il qu'il la sermonnait au sujet de sa conduite. Il lui répétait qu'elle devait cesser d'exciter les hommes par ses airs aguichants et ses mini-jupes. Il l'accostait souvent dans l'hôtel, et même dans la rue, pour lui défendre de fréquenter des hommes plus âgés qu'elle. Sa dernière remontrance fut pour l'avertir que, si elle continuait à se débaucher, il prendrait les mesures nécessaires pour la faire partir de l'hôtel.

— Qui était cet homme? demanda Me Marquis au témoin.

Avant que Jos Gravel puisse répondre, le juge Latour, assis dans le fond de la salle depuis le début du procès, se leva et descendit vers le banc. Regardant son collègue Mignon droit dans les yeux, il proclama :

— Votre Seigneurie, c'est moi l'homme en question. Je veux être le prochain témoin de la défense.

Abasourdi, le juge Mignon demeura bouche bée pour la première fois depuis quinze ans qu'il était sur le banc. Alors, il prit la décision que tout bon juge prend dans de telles circonstances, il ajourna. Puis il demanda aux deux procureurs de venir le rejoindre dans son cabinet.

Dans la salle, les spectateurs se regardaient, totalement confondus par une telle révélation. Le juge Latour, notre juge Latour aurait assassiné Friola? On ne digère pas une telle nouvelle en quelques instants. Il faut entamer ce plat indigeste à petites bouchées. Alors, on entendit des sanglots en provenance de la première rangée. Madame Latour et la belle Rénalda pleuraient doucement dans les bras l'une de l'autre.

Dans son cabinet, le juge Mignon aborda directement le sujet.

— Messieurs, avez-vous des objections à ce que l'on entende le témoignage du juge Latour?

— Non, Votre Seigneurie, répondit Me Marquis, lequel savait ce que le juge Latour allait dire.

— Votre Seigneurie, je suis complètement pris au dépourvu, avoua Me Lamarche. J'essaie de mettre de l'ordre dans mes idées à mesure que je vous parle. S'il confirme le témoignage de l'accusé, le juge Latour confesse sa propre culpabilité. Il faudra donc innocenter Jos Gravel. Que justice soit faite! Par contre, si le juge Latour nous lance une bombe non admissible, nous réagirons en conséquence. Alors, je suis d'accord, nous allons l'entendre.

— Je vous remercie tous les deux de votre coopération, conclut le juge. Retournons en cour.

Une fois confortablement installé dans son fauteuil, le juge Mignon fit signe à Me Marquis.

— Votre Seigneurie, j'appelle comme mon deuxième et dernier témoin, monsieur le juge Alexandre Latour. Veuillez monter dans la boîte, juge Latour. Monsieur le greffier, ce ne sera pas nécessaire d'assermenter le témoin, son serment d'office suffira.

Les deux procureurs retournèrent à leurs tables et le témoin se mit à parler. Il avait les yeux hagards et la voix haletante.

— Votre Seigneurie, membres du jury, les paroles que je vais prononcer sont les plus pénibles de ma vie. Pour bien me faire comprendre, il me faut remonter au début. Je suis né dans un foyer très humble. Mes parents étaient d'honnêtes gens aux mœurs strictes et sévères. Je dirais même qu'ils étaient prudes. Dans cette ambiance puritaine, j'ai appris non seulement à respecter les femmes, mais même à les élever sur un piédestal et à m'attendre à ce qu'elles soient vertueuses et chastes. Je n'ai jamais pu accepter qu'une femme soit frivole, encore moins qu'elle expose ses charmes pour séduire les hommes.

«C'est dans cet état d'esprit que j'ai abordé Friola à quelques reprises, d'abord discrètement, ensuite avec plus d'autorité, pour lui demander de se conduire comme une dame. Elle m'écoutait gentiment, puis repartait en se dandinant et en pirouettant dans sa mini-jupe.

«Quand je me suis rendu compte qu'elle flirtait outrageusement avec mon bon ami Gravel, un homme de deux fois son âge, j'ai considéré que mon devoir était de faire cesser ces relations scandaleuses. Après notre dernière partie de poker, j'ai vu Jos se glisser furtivement vers l'étage des employées. C'était pour moi le moment d'agir. Pendant que les autres joueurs quittaient l'hôtel, je me suis retiré dans une petite salle d'écriture attenante au hall et j'ai attendu que Jos remonte.

«Vers une heure du matin, il est sorti et a filé directement à l'extérieur de l'hôtel. À ce moment, il n'y avait personne dans le hall. Je suis descendu rapidement et j'ai ouvert la porte de la chambre de Friola. Son nom était indiqué sur la porte. Sa veilleuse était encore allumée et elle semblait somnoler. Je me suis assis sur le bord de son lit et j'ai commencé, le plus calmement possible, à lui expliquer que sa conduite était honteuse, qu'elle devait se tenir comme une jeune dame. Je lui ai recommandé de quitter l'hôtel, de se trouver un emploi ailleurs, ou, de préférence, de s'en retourner vivre à la ferme de ses parents à Sainte-Emérentienne.

«Elle me regardait d'un air moqueur. À ma consternation, alors que je progressais dans mon exhortation, elle commença à baisser graduellement le drap qui la recouvrait pour finalement se dévoiler dans toute sa nudité.

«Malgré toute ma pruderie, je suis tout de même un homme, un mâle en pleine santé. Une vague de concupiscence m'a envahi tout entier. J'ai perdu tout contrôle et je me suis lancé follement sur l'être infiniment désirable qui s'offrait à mes passions déchaînées.

«Sourire aux lèvres, elle m'a tout simplement repoussé et bousculé en bas du lit. Ses dernières paroles m'ont crevé le cœur.

'Monsieur Latour, vous n'êtes pas plus saint que les autres hommes. Allez donc sermonner ailleurs et laissez-moi vivre ma vie!'

«J'étais mortellement blessé dans mon âme et ma dignité. Non seulement j'avais succombé mais, de plus, j'avais été rejeté. J'ai été saisi d'une colère incontrôlable, je suis devenu complètement fou, dément. Je voyais son expression ironique et je voulais détruire cette personne qui venait de m'anéantir. J'ai saisi un bas noir laissé sur le plancher et j'ai étranglé Friola sans qu'un seul son ne sorte de sa bouche. Je suis parti aveuglément, comme une bête fauve qui fuit dans la nuit.

La gorge sèche, le juge Latour prit quelques gorgées d'eau et termina ainsi son témoignage :

«Je demande pardon à ma chère épouse et à ma fille bien-aimée. Je sais que ma conduite leur porte un dur coup. Je ne voudrais pas qu'elles se sentent déshonorées par mes actes. Je crois avoir été un bon époux et un bon père toute ma vie. Je les implore toutes les deux de me pardonner ce moment de folie.

«Je veux également m'excuser auprès de mon bon ami Jos Gravel d'avoir trop attendu avant d'avouer ma culpabilité. J'ai mis beaucoup de temps à rassembler mes forces et à prendre mon courage à deux mains. Ma seule excuse, c'est que ce n'est tout de même pas facile de prononcer des aveux si terribles et si bouleversants.

«Enfin, je demande pardon à Dieu et j'invoque sa miséricorde ainsi que la clémence de la justice humaine.»

Me Marquis se leva et s'adressa au tribunal.

— Votre Seigneurie, je crois qu'il est à-propos de demander au tribunal de disculper et de libérer l'accusé Jos Gravel.

— De consentement, Votre Seigneurie, ajouta Me Lamarche.

— L'accusé est acquitté et relâché. Les membres du jury sont libérés et la séance est levée, conclut le juge Mignon.

Ainsi se termina le procès le plus sensationnel de l'histoire de Beaurivage.

Chapitre V

L'arrivée flamboyante du professeur Lebaron

RÉNALDA LATOUR était assise chez elle, sur la galerie, et contemplait le paysage d'un air triste et distrait. De la petite colline résidentielle, le village de Beaurivage, dominé par la présence majestueuse de la rivière et encadré par les montagnes ondulantes, parlait au cœur et à l'âme.

Un roman ouvert sur les genoux, Rénalda songeait aux événements tragiques qui venaient de se dérouler. La confession de son père au terme du procès l'avait troublée profondément. Comment un homme bon, honnête et généreux avait-t-il pu commettre un crime si odieux? Son père les avait toujours entourées, sa mère et elle-même, de tant de tendresse; pourquoi était-il devenu si dominateur et, finalement, si cruel envers une autre femme à peine connue de lui?

Rénalda se répétait que, depuis son enfance, son père l'avait cajolée, dorlotée, comblée de sollicitude. Fille unique, elle n'était privée de rien. Son père avait vu à son bonheur, et de très près, à tel point que parfois elle le trouvait un peu trop protecteur. Son côté disciplinaire la gênait de plus en plus à mesure qu'elle prenait de la maturité. Rares étaient les jeunes du village qui osaient s'aventurer chez monsieur le juge, et encore plus rares ceux qui avaient suffisamment d'audace pour venir courtiser sa fille.

Depuis quelques années, elle n'était chez elle que pour la période des vacances. Pour lui assurer la meilleure éducation possible, son père l'avait inscrite à un couvent de Québec, puis à l'Université de Montréal. C'est à ce dernier endroit qu'elle goûta la liberté pour la première fois. Fille naturellement sage, elle n'abusa pas de son autonomie. Elle trouva cependant l'occasion de faire des sorties et de partager avec ses confrères et consœurs les divertissements de la vie estudiantine. Sa personnalité s'était dégagée, elle avait pris de l'assurance et, peu à peu, était devenue plus semblable à sa mère, souriante et effervescente. Son apparence physique, attrayante depuis son enfance, reflétait maintenant le plein rayonnement de sa personnalité épanouie.

Au cours de ses études elle s'était intéressée au théâtre, avait suivi des cours d'art dramatique, rêvait de devenir comédienne. Elle avait le physique de l'emploi, grande, brune, élégante, traits délicats, yeux vert sombre, intrigants, sourire éblouissant.

Quant à son père, il voulait que sa «grande» devienne avocate. «Pas question de théâtre; ce n'est pas une carrière, disait-il, mais un lieu de perdition. Une dame qui se respecte ne monte pas sur les tréteaux! La plus noble des professions est celle qui se dédie entièrement aux droits et à la liberté de la personne.»

Pour ne pas déplaire à son père, Rénalda s'était inscrite en droit. Ce fut un échec total. Elle n'avait aucun talent et aucun goût pour l'étude des codes,

des lois, des jugements ou autres textes juridiques. Par contre, elle entrevoyait, comme solution de rechange au théâtre, la possibilité d'une carrière orientée vers le soin des malades. Dévouée, elle voulait se donner corps et âme au service de ses patients. Il fut donc décidé, entre son père et elle-même, qu'elle deviendrait infirmière diplômée. Maintenant, ses études terminées, elle n'avait pas encore choisi à quel hôpital offrir ses services. Pour le moment, elle était chez elle, en vacances.

Cette fois-ci, son père n'interviendrait pas. Le malheureux était au pénitencier et y demeurerait quelques années. Elle était libérée du joug paternel, pour toujours. Bien sûr qu'elle l'aimait encore. Elle lui avait déjà pardonné son crime et tout le déshonneur qu'il avait causé à sa famille.

Sa mère et elle avaient longtemps pleuré, à la cour et de retour à la maison. Le choc avait été terrible. Heureusement, parents, amis et voisins accoururent pour les consoler. La population de Beaurivage s'était donné le mot pour leur être sympathique; coups de fil bienveillants, fleurs livrées à la porte, remarques gentilles sur le trottoir, salutations respectueuses au sortir de l'église. Le tout Beaurivage était d'accord que les deux dames, deux concitoyennes hautement considérées, méritaient un appui inconditionnel, et voulait faire connaître ses sentiments. Ce soutien unanime de la collectivité aidait grandement les deux dames à traverser la crise.

Maintenant, tout était redevenu calme chez les Latour et dans le village. Rénalda voulait profiter de cette sérénité bénéfique pour faire des plans d'avenir. L'hôpital local était moderne, même plutôt bien équipé pour un petit établissement régional. Cependant, elle n'était pas convaincue de pouvoir s'acclimater à la vie de village après ses années passées à Montréal. Tout de même, la population locale lui paraissait très sympathique, surtout depuis leur récent malheur, donc un autre facteur positif.

À la suite de ses longues absences et du départ de beaucoup de ses amis d'enfance, elle ne connaissait plus tellement les jeunes du village. Elle avait été favorablement impressionnée par Léon Marquis au procès de Jos Gravel. Elle l'avait trouvé sûr, compétent et éloquent. Il avait belle allure, une présence attachante, magnétique par moments. Elle avait cru remarquer qu'il lui jetait un coup d'œil appréciateur de temps à autre. Cependant, il ne lui avait encore manifesté aucun sentiment.

Un qui ne cachait pas ses émotions était son ancien professeur d'art dramatique à l'université, Victor Lebaron, parisien récemment transplanté à Montréal. Le professeur Lebaron avait été singulièrement ébloui par son élève. Il voyait en elle une future comédienne d'envergure internationale. Il admirait également sa grande beauté et ne se gênait pas pour extérioriser ses impressions. Il savait qu'elle suivait des cours d'infirmière en même temps que ses classes d'art dramatique, mais il était convaincu qu'elle poursuivrait une carrière de comédienne.

Avant, pendant et après les cours, Lebaron avait tenté de courtiser son élève favorite. Les compliments de sa part pleuvaient. Si Rénalda le trouvait charmant, même fascinant et excellent professeur, elle avait toujours décliné ses pressantes invitations. Encore imbue des principes religieux de ses parents, elle

redoutait le professeur. Instinctivement, elle le soup-
çonnait d'être un séducteur et ne voulait à aucun prix
devenir sa proie.

La veille, Lebaron lui avait téléphoné de Montréal,
la suppliant de revenir suivre ses cours. Il ne pouvait
pas croire qu'elle se résignait «à s'emboîter dans un
petit patelin pour décrotter les paysans, alors qu'il
pouvait lui ouvrir les portes des studios les plus haut
cotés de Paris». Ces remarques avaient eu le don de
faire sourire Rénalda. Elle lui répondit simplement
qu'elle n'avait pas encore arrêté ses plans d'avenir et,
qu'en attendant, elle se reposait chez elle, auprès de
sa maman. Craignant le pire, Lebaron lui annonça
sur-le-champ qu'il venait à Beaurivage dans le but «de
lui éclaircir le cerveau». Puis il raccrocha.

Rénalda ne pouvait croire qu'il avait le culot de
venir la relancer chez elle. C'était cette dernière inquiétude qui la rongeait quand elle entendit une voix
joyeuse la saluer du pied de la galerie. Le voisin Jos
Gravel s'approchait.

— Bonjour, la belle, on est songeuse aujourd'hui?

— Vous m'avez surprise, monsieur Gravel! Venez
vous asseoir, j'ai le goût de jaser avec vous.

— C'est l'invitation la plus intéressante que j'ai
reçue de la journée, répondit-il en prenant place sur
la galerie. Je suis très heureux de constater que ton
beau sourire est revenu. Tu es jeune et remplie de
promesses. Ouvre tes bras à l'avenir!

— J'y songeais justement. Une fois les vacances
terminées, j'ai l'intention de commencer mon travail
d'infirmière, mais je ne sais pas encore où. J'hésite
entre l'hôpital de Beaurivage et un hôpital à Montréal.
Qu'en pensez-vous?

— Je pense que l'hôpital qui bénéficiera de tes services sera le grand gagnant et que tes patients seront les bénis de ce monde. J'ai quasiment le goût de tomber malade!

— Vous êtes toujours si galant, monsieur Gravel. Sérieusement, j'hésite. Après avoir vécu à Montréal, pourrais-je être heureuse à Beaurivage?

— Le bonheur, ma grande, n'est pas dans la ville mais dans l'esprit. Ton travail sera sans doute à peu près le même dans un établissement comme dans l'autre. La différence entre les deux sera peut-être dans ta vie personnelle après les heures de travail. Tu es partie d'ici depuis un bon bout de temps, mais tu connais à peu près tout le monde. Il s'agirait pour toi de renouer tes connaissances.

— Il y a tant de choses à faire dans une grande ville. Pourrais-je me réhabituer à vivre ici?

— Il faudrait que tu descendes de ta galerie et que tu entres résolument dans Beaurivage. Tu seras peut-être agréablement surprise. De plus, je suis certain que tu ne veux pas laisser ta mère seule dans cette grande maison, surtout dans le moment. Si j'étais toi, j'essaierais de vivre ici. Après une période raisonnable, si tu n'es pas heureuse, Montréal sera toujours là pour te recevoir.

— Nous sommes donc chanceux, nous les Latour, d'avoir comme voisin un homme aussi sage! C'est maman qui va être heureuse de savoir que je vais suivre votre conseil. À propos, je crois que vous avez rendu visite à papa, hier. Comment se porte-t-il?

— Sa santé est excellente. Il fait beaucoup d'exercice et son moral est meilleur. Il participe activement au programme d'aide psychosociale pour les incarcérés. Par contre, sa conscience est encore troublée. Il va lui falloir du temps pour se remettre, beaucoup de temps. Sa femme et sa grande fille lui manquent énormément. Allez le voir le plus souvent possible. Bon, je me sauve. Si vous vous ennuyez de moi, faites-moi un signe et l'oncle Jos arrivera au petit galop.

Le lendemain, un homme très distingué, à la fine moustache, descendait de sa décapotable de luxe, louée à Montréal avant le départ, et s'enregistrait à l'hôtel Champlain. Son nom, Victor Lebaron. De sa chambre, il téléphona chez les Latour et annonça sa visite à Rénalda. Quelques instants après, il frappait à la porte de la résidence. C'est madame Latour qui vint ouvrir.

— Bonjour, chère madame. Vous êtes sans aucun doute la mère de Rénalda. Je vois maintenant d'où lui viennent ses yeux pétillants et son sourire ravissant. Je suis Victor Lebaron, son professeur d'art dramatique à l'Université de Montréal. Puis-je entrer?

— Bien sûr, venez vous asseoir, monsieur le professeur. Rénalda descend de sa chambre dans quelques instants. Vous allez souper avec nous?

— Je vous remercie, chère madame, j'ai déjà invité Rénalda à venir partager mon repas à l'hôtel Champlain dont on m'a vanté les mérites de la table. Un chef français, à ce qu'on dit.

— Le chef Fougères est parti depuis quelque temps. Il a cependant formé un jeune cuisinier local qui peut à son tour créer des merveilles culinaires. Bon appétit à tous les deux.

Rénalda descendit l'escalier, resplendissante dans une création Chanel. Le professeur clôtura une longue envolée de compliments et d'exclamations par une bise bien appliquée sur chaque joue. La mère eut à peine le temps de glisser quelques mots à l'oreille de sa fille.

— Sois prudente, ma chérie. Reviens-moi tôt.

La décapotable somptueuse et ses deux éblouissants passagers créèrent toute une sensation dans les rues de Beaurivage et à leur arrivée dans le grand hall de l'hôtel. Le commis de service, Roméo Latendresse, s'empressa d'alerter le propriétaire qui accourut présenter les hommages de la maison. Flo, l'homme à tout faire, ne faisait plus rien, se contentant de reluquer, d'admirer et d'apprécier.

Une fois attablés, les deux convives étudièrent le menu, scrutèrent la carte des vins, discutèrent joyeusement avec le garçon de table et le sommelier avant de commander. Ils étaient tous les deux ravis de se revoir. Rénalda était radieuse. C'était vraiment sa première sortie depuis son arrivée à Beaurivage. Quant à Lebaron, il se trouvait comblé en la compagnie d'une jeune dame si exquise.

Après une deuxième ronde de compliments, encore plus fleurie que la première, le professeur tomba dans le vif du sujet.

— Ma chère petite, il vous faut revenir à Montréal et reprendre vos cours. Vous avez un avenir fabuleux dans le théâtre, le cinéma, et même la télévision si vous y êtes intéressée. Je vous supplie, je vous conjure de reconsidérer votre décision. Je n'ai jamais eu d'élève aussi talentueuse et aussi distinguée que vous. Maintenant que votre cours d'infirmière est terminé, vous pouvez vous donner entièrement à votre vraie carrière, le théâtre. Je serais enchanté de m'occuper de vous, personnellement, et à temps plein s'il le faut.

À mesure que Victor Lebaron s'enflammait dans son plaidoyer, ses élans oratoires prenaient du volume et ses gestes dramatiques gagnaient de l'ampleur. Les autres convives, que ces deux ipersonnages remarquables intriguaient, autant par l'accent parisien du professeur que par le charme de son interlocutrice, se portaient aux écoutes de la conversation, buvaient les paroles de l'un et attendaient avec une curiosité croissante la réaction de la jeune beauté. Ira-t-elle faire du cinéma? se demandaient les Beaurivageois présents dans la salle. Qu'est-ce qu'elle peut bien foutre dans ce village? se disaient les touristes. Suivra-t-elle ce dangereux prédateur dans son repaire montréalais? s'interrogeaient les premiers. Il faut qu'une telle perfection fasse valoir ses talents dans le grand monde! concluaient les autres.

Un des convives les plus attentifs était nul autre que Léon Marquis. Il soupait en compagnie de trois collègues, membres du comité d'organisation du bal annuel du Barreau. Il était déjà à table quand Rénalda fit son entrée dans la salle, en compagnie de l'étranger au port altier. Il avait été frappé par la présence épanouie de Rénalda, sa démarche sereine, son sourire radieux. Il la trouva encore plus séduisante que dans ses rêves les plus intimes. Mais qui était donc cet étranger qui savait si bien accaparer toute son attention? Comme les paroles flûtées de ce dernier commençaient à remplir toute la salle, il comprit qu'il s'agissait d'un homme du milieu artistique, un impresario, ou peut-être même un directeur.

C'est alors que l'inquiétude s'empara vraiment de Léon. Il savait que Rénalda avait déjà fait du théâtre à l'université et qu'elle avait suivi des cours d'art dramatique. Simple passe-temps d'étudiante, pensait-il. Or, la présence de ce monsieur ici, à Beaurivage, aux côtés de Rénalda, pouvait être un présage d'intentions plus sérieuses. La voix parisienne devenait de plus en plus claire, presque impérieuse. Elle offrait une carrière au théâtre, une tentation dangereusement aguichante pour une belle jeune fille déjà acquise à cet art. Surtout que Rénalda n'avait pas encore replanté ses racines dans le sol de Beaurivage et que la triste aventure de son père n'était pas de nature à y consolider son avenir.

De sa place, Léon pouvait observer Rénalda sans être vu par elle. Elle lui semblait réceptive aux paroles du Français. Elle ne paraissait pas offrir de résistance à ses beaux discours. Et la soirée commençait à peine...

Léon était maintenant tourmenté de reproches. Pourquoi ne lui avait-il pas fait des avances, alors qu'elle était chez elle et sans doute disponible? Il est vrai qu'il avait été fort occupé à ouvrir son cabinet d'avocat, à préparer et à plaider la défense de Jos Gravel. De plus, il était très actif aux réunions du Barreau. Tout de même! Il aurait pu trouver le temps, mais il hésitait. La vérité, c'est qu'il craignait d'être rejeté. Alors, il lui fallait faire le pas, avant qu'il ne soit trop tard. Peut-être était-il déjà trop tard!

En sortant de la salle avec ses trois compagnons, Léon passa près de la table de Rénalda, s'arrêta devant elle et se surprit lui-même des paroles galantes qui s'échappèrent tout naturellement de sa bouche.

— Bonsoir Rénalda, comme tu es ravissante ce soir! Permettez-moi de vous souhaiter bon appétit à tous les deux.

— Que tu es gentil, Léon répondit Rénalda en rougissant de plaisir. Je te présente mon ancien professeur d'art dramatique, monsieur Lebaron.

— Enchanté de faire votre connaissance, monsieur le professeur. Rénalda, mes collègues et moi étions justement à préparer le bal annuel du Barreau. Tu me ferais grandement plaisir si tu acceptais de m'y accompagner. Le bal aura lieu le premier octobre.

— Ton invitation est bien intéressante et je t'en remercie. Je ne sais pas si je serai encore dans la région à ce moment...

— Je dois vous informer, mon cher monsieur, intervint abruptement Lebaron, que mademoiselle Latour se destine à une carrière dans le théâtre et reviendra incessamment à Montréal reprendre ses cours. Pour ma part, je m'apprête à lui ménager des entrevues avec certains directeurs des plus importants de Paris et même des États-Unis.

— C'est sûrement Rénalda elle-même qui orientera son avenir, répondit Léon. Pour le moment, elle est encore parmi nous à Beaurivage. Si vous avez dû venir ici de Montréal, c'est probablement qu'elle veut encore réfléchir.

— Vous savez bien, mon petit, répliqua le professeur du haut de son nez, que mademoiselle Latour perd son temps dans cet arrière-pays. Il lui faut ouvrir ses horizons, rencontrer des gens cultivés, faire valoir son immense talent devant des auditoires sensibles à l'art théâtral.

Sentant que le professeur s'engageait sur une voie glissante, Léon voulut le pousser plus loin.

— Mon cher professeur, ne pensez-vous pas que vous auriez dû enseigner chez vous à Paris où les citadins sont encore plus éduqués et plus sensibles à l'art dramatique qu'à Montréal?

— Évidemment, Montréal n'est pas la ville lumière et le Québec n'est pas la France. Vous savez, je suis venu ici un peu en missionnaire. Les premiers missionnaires sont partis de France pour évangéliser les sauvages; les nouveaux, dont je suis, ont pour but de répandre la culture française chez vous.

La stratégie de Léon fonctionnait à merveille. À mesure que la voix enveloppante du professeur reprenait de la vigueur, les autres convives prisaient de moins en moins son arrogance. Quant à Rénalda, elle était sur le point d'éclater. Léon voulut donner un dernier coup.

— Pourquoi alors Rénalda ne serait-elle pas notre missionnaire à nous, non pas pour nous évangéliser, mais pour suivre les traces de son ancien professeur et répandre la culture française dans notre humble milieu?

Le professeur était trop pris par son propre discours pour se rendre compte qu'il s'enferrait de plus en plus et que la température montait dans la salle, surtout à sa table. Il continua.

— Voyons, soyons un peu sérieux! Il n'y a rien ici dans votre patelin qui puisse intéresser Rénalda, personne de quelque envergure intellectuelle. Il ne faut tout de même pas être ridicule, tonitrua le professeur d'un ton insolent.

— C'est vous qui devenez ridicule, monsieur Lebaron, s'exclama Rénalda, à bout de patience. Je ferai mes choix en temps opportun. Quant à Beaurivage, c'est mon village natal et ceux qui le dénigrent ne montent pas dans mon estime.

— Très heureux de vous avoir rencontré, monsieur Lebaron, dit Léon en tirant sa révérence, un sourire espiègle sur les lèvres, je vous souhaite prompt retour à Montréal, et à Paris. Bonne soirée, Rénalda, et à bientôt.

Au sortir de la salle à manger, Léon fut accueilli à bras ouverts dans le grand hall par un petit comité qui l'attendait. À la tête du groupe, Régis Roberval s'empara de Léon et le leva de terre parmi les applaudissements des autres, dont Roméo, Flo, ainsi que le docteur Lafièvre, le pharmacien Deschamps et leurs épouses qui avaient tout entendu dans la salle au cours du souper. D'autres clients, habitués de la région, s'étaient rapidement joints au groupe pour manifester leur satisfaction.

— Tu l'as bien planté, notre professeur, s'esclaffa le propriétaire de l'hôtel.

— Du beau travail, mon Léon, ajouta le pharmacien.

— Veux-tu que je tende des pièges à ours dans la chambre du professeur? suggéra Flo.

Pendant ce temps, tout était redevenu tranquille, et la conversation était même tombée à plat à la table de Lebaron et de Rénalda.

Le lendemain soir, à la résidence Marquis, madame Sophie répondit au téléphone et passa l'appareil à son fils. C'était Rénalda.

— Bonsoir Léon, ça va bien?

— Oui, et encore mieux en entendant ta voix. Tu es bien gentille de me passer un coup de fil. J'espère surtout que mon intervention à votre table, hier soir, ne t'a pas causé trop d'ennuis.

— Au contraire, ta discussion avec monsieur Lebaron a plutôt résolu un problème. Tu l'avais bien deviné, il s'en venait me chercher. J'aurais peut-être succombé si tu n'étais pas venu me le faire voir sous son vrai jour. C'est bien un charmeur pédant qui veut me dominer. Après ton départ, il s'est rendu compte qu'il avait dépassé les bornes de la convenance et il a bien essayé de se rattraper. Peine perdue. Il m'a même invitée à monter à sa chambre pour prendre un digestif! Il avait apparemment une fine Grand Courvoisier à laquelle il tenait absolument que je goûte. Je lui ai simplement dit de me ramener à la maison. Maman m'attendait à la porte. Lebaron a deviné que c'était préférable pour lui de ne pas entrer. J'ai su que la décapotable luxueuse était repartie ce matin.

— Rénalda, je suis tellement heureux d'apprendre que tu demeures parmi nous, du moins pour le moment. Est-ce que j'ai le droit d'espérer que tu m'accompagneras au bal du Barreau?

— Bien sûr, je suis enchantée d'accepter ton invitation. Mon père sera fier d'apprendre que si sa fille n'a pas la vocation du droit, elle a tout de même le goût de danser avec un avocat.

Le soir du premier octobre, Me Marquis se présentait à la porte de la résidence du juge Latour, bouquet à la main. Très élégant dans un smoking flambant neuf, sourire aux lèvres, il avait fière allure. Rénalda, resplendissante dans sa robe de bal, le reçut chaleureusement.

— Pas si mal pour un jeune homme de patelin d'arrière-pays, lui dit-elle en admirant son costume, j'espère que tu vas te conduire en bon missionnaire toute la soirée.

— J'ai plutôt l'intention de me comporter comme un bon sauvage si tu veux bien m'évangéliser!

Chapitre VI

Une croisière aux Antilles
brusquement interrompue

RÉNALDA se promenait avec sa mère sur le pont du navire. Elles jouissaient des chauds rayons de soleil des Antilles. Elles s'étaient envolées de Montréal à Miami et voguaient maintenant à bord du Island Princess. Leur croisière d'automne se déroulait en beauté.

Elles étaient tombées d'accord pour se permettre ces vacances, seules, toutes les deux, pour la première fois. Madame Latour voulait ce repos pour se remettre de la tragédie causée par son mari. Rénalda, elle aussi, avait été durement secouée par cette catastrophe. De plus, elle cherchait un peu de recul pour réfléchir à son avenir et jauger les sentiments qu'elle éprouvait pour Léon.

En imagination, Rénalda revivait les moments merveilleux vécus le soir du bal, aux côtés du jeune avocat, leur arrivée au centre communautaire où tous les confrères de Léon étaient venus les saluer, les retrouvailles chaleureuses avec plusieurs de ses copains et copines d'autrefois, le banquet si cordial où tous les convives se taquinaient, et puis le bal. La valse d'ouverture dans les bras de Léon, les interruptions joviales des autres avocats qui l'interceptaient d'une danse à l'autre, la musique romantique de l'orchestre local, Les Rhapsodiens, dont elle reconnaissait presque tous les musiciens. Elle ne parvenait à regagner sa table que pendant les pauses. Une soirée de rêve qui avait passé trop vite. Après la dernière valse avec Léon, ils s'étaient rendus sur le quai et avaient bavardé longtemps, très près l'un de l'autre dans la voiture, tout en admirant les reflets de la lune sur la rivière. Léon ne s'était pas conduit comme un missionnaire, ni comme un sauvage, mais comme un gentilhomme affectueux et plein d'humour.

Léon prenait de plus en plus d'espace dans l'esprit de Rénalda, et peut-être dans son cœur. Elle avait, bien sûr, fréquenté d'autres hommes, mais sans jamais s'attacher profondément à aucun. Elle sentait pour la première fois qu'elle s'approchait d'un lien plus étroit. Ce sentiment tout nouveau créait chez elle une impression de bien-être, une tendre chaleur qui réchauffait tout son être.

Le Island Princess avait fait escale à Antigua, à la Martinique, à la Guadeloupe, et se dirigeait maintenant vers la Barbade. La croisière se déroulait sans incident. Les divertissements étaient nombreux. Les deux femmes s'attardaient surtout à la piscine où Rénalda faisait sensation à chacune de ses apparitions en maillot de bain. Ensuite, il y avait le repos au soleil en chaise longue, la lecture, les marches sur le pont, le «shuffle board» et la table. Surtout la table! Quelle gastronomie!

Les festins exquis se succédaient, quatre fois par jour. Il fallait donc nager et marcher presque continuellement pour maintenir sa silhouette. La veille, les deux dames Latour avaient été invitées à la table du capitaine Montgomery, homme cordial et serein, qui les avait reçues amicalement et bien amusées par ses récits d'aventures en haute mer. Les autres officiers présents se disputaient les regards de Rénalda. Toute cette attention la rendait heureuse. En retour, elle ne ménageait pas ses sourires. Dans la soirée, des spectacles importés de Paris et de New York les avaient émerveillées.

Le Island Princess mouilla à Bridgetown au début de l'après-midi. Un soleil de plomb écrasait la vieille ville. Néanmoins, une légère brise, toujours présente, rendait l'atmosphère agréable. Les passagers, accompagnés de matelots et de quelques officiers, descendirent faire un tour et magasiner.

Comme toujours à l'arrivée d'un grand paquebot, la ville grouillait d'activité. Les petits autobus bondés arrivaient de partout, les enfants accrochés sur les côtés et les grosses dames souriantes criant par les fenêtres. Les marchands se tenaient à l'extérieur de leurs boutiques pour tenter d'attirer les clients. Les vendeuses de fruits et légumes, coiffées de grands chapeaux de paille et vêtues de robes aux teintes éclatantes, palabraient avec les passants. Bref, une scène empreinte de cacophonie, de confusion et de couleur.

Les deux dames Latour marchandaient tout comme les autres passagers. Madame jasait avec une vendeuse près d'un étalage pendant que Rénalda s'était éloignée pour examiner des bijoux à un comptoir, un peu en retrait du trottoir. Quand sa mère se retourna pour aller la rejoindre, Rénalda avait disparu. D'abord surprise, elle chercha autour sans la trouver. Un peu inquiète, elle interrogea les autres passagers qui, eux non plus, ne savaient rien. Presque tous les gens à bord du bateau, y compris les

membres de l'équipage descendus avec eux à Bridgetown, connaissaient Rénalda, au moins de vue. On
avait beau chercher dans tous les coins, Rénalda demeurait introuvable.

Madame Latour avait atteint le sommet de l'inquiétude; elle était au bord de la panique. Les membres de l'équipage avertirent le capitaine Montgomery,
qui descendit immédiatement sur les lieux et avertit la
police locale. Les policiers, secondés vigoureusement
par les matelots du Island Princess, procédèrent à
une fouille minutieuse de tous les établissements.
Toujours pas de Rénalda. En pleine détresse, madame
Latour criait sans arrêt le nom de Rénalda. Finalement exténuée, elle tomba en sanglotant sur un banc
près du marché.

Pendant le tohu-bohu, un enfant s'approcha du
capitaine, lui glissa une note dans la main et s'es-
quiva dans la foule. Le message suivant était griffonné
en anglais sur le bout de papier :

«Nous avons kidnappé la jeune femme portant le
nom de Marie Rénalda Latour. Nous réclamons une
rançon de cent mille dollars des États-Unis. Déposez
l'argent dans une valise et placez la valise sous le
dernier banc, côté gauche, de l'église First Tabernacle,
demain soir à minuit. Une personne seule doit venir.
Sinon, Latour sera exécutée.»

Le capitaine ramena madame Latour à sa chambre à bord du Island Princess et lui fit part de la note
des ravisseurs. Il lui conseilla de communiquer immédiatement avec son mari ou son plus proche parent
ou ami au Canada. Elle dut lui expliquer que son mari
était en prison, aveu qui porta un dur coup à son orgueil. Elle pensa alors à son voisin et ami, Jos Gravel.

Le capitaine composa le numéro et réussit à atteindre Jos chez lui. Avant de passer l'appareil à madame, le capitaine exposa la situation à Jos qui n'en crut pas ses oreilles. Le capitaine termina en expliquant que le Island Princess ne pouvait plus retarder son départ, qu'il verrait à placer madame à l'hôtel, en l'occurrence le Caribée, en bordure de Bridgetown, et qu'il assignerait un officier pour l'accompagner jusqu'à ce que l'affaire soit réglée. Bien sûr, le capitaine devait retourner au vaisseau et continuer la croisière.

Jos saisit rapidement la conjoncture et tenta de calmer madame Latour à l'appareil. La tâche était très difficile, car elle sanglotait sans arrêt.

— Écoutez, ma chère Lucienne, nous allons essayer de tout régler ça. Ces affaires-là finissent toujours par s'arranger. Je prends l'avion immédiatement pour la Barbade et je vais tenter d'amener Léon avec moi. En attendant, rendez-vous à l'hôtel et reposez-vous. L'officier du Island Princess qui vous accompagnera fera la liaison avec la police locale d'ici notre arrivée. Si l'on décide de payer la rançon, je ferai les démarches nécessaires auprès d'une banque locale. Pour le moment, soyez calme. Demandez au médecin du Island Princess de vous remettre un calmant, si nécessaire. J'arrive le plus rapidement possible.

Le jeune officier affecté à madame Latour, le lieutenant James Wainwright, était un homme avenant. Il la conduisit à l'hôtel avec tous ses bagages et prit une chambre au même étage. Après s'être assuré de son confort, il se rendit directement au poste de police pour rencontrer le chef Gregory Boyd, barbadois plutôt empâté. Il eut grande difficulté à le faire bouger. Le chef de police ne semblait pas trop se rendre compte de la gravité des événements. Etant donné qu'après une recherche méthodique la demoiselle n'avait pas été retrouvée, il se contentait d'attendre l'évolution de la situation. Il n'avait vraiment pas analysé le dilemme posé par la menace et la rançon.

— Avez-vous une idée des personnes qui auraient pu procéder à ce genre d'enlèvement, lui demanda le lieutenant?

— Non. À ma connaissance, c'est le premier kidnapping du genre à Bridgetown.

— Pourquoi pensez-vous qu'ils ont choisi une église pour le dépôt de la rançon?

— Probablement parce que c'est un lieu accessible à tous. Ici, les églises ne sont jamais verrouillées.

— Allez-vous conseiller à madame Latour et à ses amis de payer la rançon?

— Je n'ai pas encore étudié la question. Si l'argent n'est pas déposé demain soir, je ne sais pas ce que les ravisseurs vont faire. D'un autre côté, je ne suis pas convaincu qu'ils libéreront la fille une fois l'argent remis. Je n'ai jamais eu à traiter une affaire semblable.

Wainwright en conclut rapidement que cet entretien avec le chef de police ne déboucherait sur rien. Il se rendit alors au consulat du Canada. Le consul, Paul Hardy, jeune fonctionnaire originaire de Montréal, reconnut immédiatement la gravité des événements. Sur-le-champ il rejoignit par téléphone le bureau du ministre de l'Intérieur de la Barbade, l'honorable Josuah Perkinson, avec qui il jouait au golf de temps à autre. Effectivement, la réceptionniste du ministère répondit à Hardy que son ministre était absent du bureau pour l'après-midi. Hardy savait où le trouver. Il sauta dans sa voiture avec Wainwright et se dirigea vers le Royal Bridgetown Golf and Country Club.

L'honorable Perkinson trônait au bar et discutait des affaires de l'état en compagnie de quelques amis. Hardy lui donna une tapette amicale sur l'épaule et l'attira à l'écart pour rencontrer Wainwright. Heureusement, Perkinson venait d'arriver au club et avait encore l'esprit clair.

— Je vous remercie d'avoir bien voulu communiquer directement avec moi, Paul. Cet imbécile de Boyd a les deux pieds dans la même bottine. Il va falloir que je rejoigne immédiatement mon collègue, le procureur général, pour qu'il assigne un officier supérieur plus compétent. Je veux le faire, non seulement pour sauver cette pauvre fille, mais également pour la réputation de mon pays. Le tourisme canadien est un facteur économique très important pour la Barbade. Excusez-moi, je vous reviens dans quelques instants.

Le ministre mit peu de temps à revenir, accompagné d'un grand gaillard attifé d'une tenue de golfeur.

— Je vous présente mon bon ami Ralph Harpock, le procureur général. J'ai réussi à l'attraper au moment où il embarquait dans sa voiturette vers le premier trou. Monsieur le consul, racontez-lui donc toute cette affaire.

Le ministre Harpock écouta attentivement le récit de l'enlèvement, puis se rendit au téléphone. Après quoi, il rejoignit le groupe.

— J'ai communiqué avec l'inspecteur général et je l'ai désigné pour diriger lui-même les opérations. Il va passer par le poste de police et, ensuite, il vous rejoindra au Caribée. C'est un homme sérieux et compétent. Je lui ai demandé de me tenir au courant.

Maintenant, je me sauve rejoindre mes partenaires au deuxième trou. Bonne journée, messieurs!

Par après, les deux hommes se rendirent au Caribée rencontrer madame Latour. Cette dernière était moins agitée, grâce au calmant prescrit par le médecin du Island Princess et à un appel téléphonique de Jos Gravel lui annonçant que Léon et lui-même arriveraient à Bridgetown le lendemain à midi. Une fois mise au courant des démarches du lieutenant et du consul, elle demanda d'être présente à la rencontre avec l'inspecteur général.

Celui-ci arriva au Caribée en fin de soirée. Howard Burdick, londonien de naissance, avait fait carrière à Scotland Yard et pris une retraite anticipée pour raison de santé. Le chaud soleil de la Barbade le ragaillardit à tel point qu'il accepta l'emploi d'inspecteur général dans l'île. Grand, mince, nez aquilin encadré d'un lorgnon, il avait la prestance de l'emploi. Il serra la main des trois personnes qui l'attendaient dans un petit salon de l'hôtel et présenta ainsi l'état des choses :

— Madame Latour, monsieur le consul, lieutenant, je viens de terminer mon enquête au poste de police. La gendarmerie locale a effectué une fouille complète de tous les endroits suspects et je sais qu'elle a la compétence voulue pour ce genre de travail. C'est élémentaire. Si on ne l'a pas trouvée aux lieux prévisibles, c'est que la jeune fille est retenue à un endroit imprévisible. Je songe déjà à de tels lieux, mais ce n'est pas le moment de nous y rendre.

«Dans un premier temps, il faut décider de la question de la rançon. En principe, je suis contre. C'est récompenser le crime. C'est encourager les autres canailles à recourir aux mêmes moyens. Par ailleurs, chaque principe souffre l'exception. Le paiement d'une rançon est valable à deux conditions; la première, c'est que les possibilités de récupérer l'argent soient bonnes; la deuxième, c'est que les chances de capturer le ou les kidnappeurs soient excellentes.

«Appliquons ces deux critères au cas d'espèce. Le temple First Tabernacle est un édifice facile à surveiller et à contrôler. Ce n'est pas un aéroport ou une gare de chemin de fer. Il n'y a qu'une seule porte d'entrée pour le public. Rares sont les personnes qui se rendent à cet endroit en dehors des services religieux. Donc, les fidèles de cette congrégation sont faciles à identifier et les intrus peuvent être suivis, questionnés, ou arrêtés, si nécessaire. J'ai déjà obtenu du pasteur, le révérend Horatio Barker, la liste des membres de sa congrégation, une liste très courte, il me semble. De plus, si la valise est déposée à minuit demain soir, comme on l'exige, le kidnappeur a sûrement l'intention d'aller la prendre au cours de la nuit. Ceci me porte à croire que ceux qui ont monté cette affaire ne sont pas malins. Du travail d'amateur, quoi!

«Évidemment, je ne sais pas si la somme de cent mille dollars est disponible et, dans l'affirmative, si le bailleur de fonds est disposé à courir le risque. Il y a tout de même un élément d'incertitude.»

— Nous aurons la réponse à ces deux questions demain à midi, répondit madame Latour. J'attends l'arrivée d'un bon ami, financièrement solide, et d'un jeune avocat de chez nous. Je compte beaucoup sur eux.

Le lendemain, à l'heure dite, madame Latour et le lieutenant Wainwright se rendaient à l'aéroport accueillir les deux amis. Elle poussa un soupir de soulagement en les voyant à l'aérogare et se jeta dans leurs bras, pleurant et souriant à la fois. Tel qu'entendu, ils se rendirent au bureau de l'inspecteur général. Ce dernier leur fit le point sur les événements, insistant pour que Jos Gravel comprenne bien le risque financier qu'il courait.

Jos et Léon furent tous les deux impressionnés par l'allure de l'inspecteur général et la logique de son exposé. Jos n'hésita pas une seconde à offrir la somme exigée.

— J'ai assumé bien des risques dans ma vie, dit-il, et je m'en suis plutôt bien tiré. Je dois vous dire qu'à ce jour, aucun n'a été pris pour une cause aussi valable que celle-ci. Je m'en voudrais le reste de ma vie si nous perdions Rénalda faute d'une rançon. De l'argent, j'en ai suffisamment et je peux en gagner encore, si nécessaire. J'ai déjà pris les dispositions préliminaires auprès de ma banque qui a une succursale à Bridgetown. Rendons-nous à cette succursale.

L'inspecteur voulut se joindre à eux pour prendre les numéros de chaque billet de banque. Il insista pour obtenir des coupures de cent dollars afin de réduire le volume du magot et le travail de numérotation. Il s'était déjà procuré une valise appropriée.

Le chef de police Boyd avait reçu ses instructions. Un peu avant minuit, ses constables devaient se poster très discrètement dans l'obscurité pour encercler complètement l'église. L'inspecteur général irait lui-même placer la rançon sous le dernier banc, à minuit tapant, et se retirerait dans la voiture du chef stationnée à l'abri d'un palmier donnant sur la porte d'entrée de l'église, du côté opposé de la rue.

Quand l'inspecteur général entra dans l'église, seule éclairait une veilleuse près d'un orgue, dans le chœur, derrière la chaire. Il longea les murs, passa derrière la chaire, traversa le sanctuaire, se rendit à la sacristie et revint par la nef. Il n'y avait personne dans l'église. Il déposa la valise à l'endroit prévu et retourna s'asseoir dans la voiture du chef où attendaient également Jos et Léon.

Les quatre hommes jasaient à voix basse. Les minutes et les heures s'écoulèrent sans que rien ne se produise. Personne ne venait prendre la rançon. De guerre lasse, l'inspecteur général retourna silencieusement dans l'église. La valise était partie! Il y avait une enveloppe sur le banc. L'inspecteur revint au pas de course à la voiture et ouvrit l'enveloppe pour lire le message suivant, écrit en anglais :

«Je vous remercie de la rançon. Le compte y est. La jeune fille sera libérée à 8 heures. Vous recevrez un coup de fil vous disant où aller la chercher.»

Abasourdi, l'inspecteur général se rendit compte qu'il s'était fait jouer. Le kidnappeur, après tout, était plus rusé qu'il ne l'avait pensé. Il ordonna immédiatement au chef d'envoyer deux constables à l'aéroport pour interdire tout départ d'avion sans son autorisation et lui demanda de continuer la surveillance de l'église avec les autres gendarmes. Le chef transmit les ordres par téléphone et se joignit aux trois autres pour effectuer une fouille du temple; il devait y avoir un passage secret, c'était la seule explication possible.

Les quatre hommes firent un tour complet de l'intérieur de l'église en sondant les murs. Rien. Ils descendirent au sous-sol, un genre de remise abandonnée et non éclairée. Le chef remonta prendre sa lampe de poche dans la voiture. Sa lumière illumina quelques vieilles boîtes qui jonchaient un plancher de ciment et quatre murs gris ne présentant aucune ouverture.

En marchant dans l'obscurité, Léon sentit tout à coup une faiblesse sous ses pieds. Il se pencha et, de sa main, toucha à des planches qui semblaient former une trappe. Il cria aux autres de s'approcher avec la lampe. Il s'agissait en effet d'un vieux panneau fermant une ouverture dans le plancher. Les hommes eurent tôt fait de lever la trappe et, à l'aide de la lampe, discernèrent une petite échelle en fer rouillé qui menait à un étroit couloir.

Le chef descendit le premier et se rendit compte qu'il s'agissait d'un conduit d'égout récemment abandonné. Les trois autres lui emboîtèrent le pas dans la canalisation d'où se dégageaient des odeurs putrides. Un liquide jaunâtre suintait le long des parois et dégouttait dans des flaques stagnantes sur le sol avec une résonnance caverneuse. Les hommes marchèrent jusqu'à une autre petite échelle montant vers un regard dont la plaque semblait résister à leurs poussées les plus énergiques. Le chef retourna à l'extérieur et revint avec un constable armé d'un puissant levier en fer. La plaque était manifestement barrée de l'extérieur. Après quelques manœuvres vigoureuses, l'officier-plombier finit par la faire sauter. Les cinq hommes grimpèrent et se retrouvèrent à l'intérieur d'une résidence, dans une garde-robe. Revolver au poing, le chef se précipita dans la chambre à coucher et dans le salon. Il n'y avait personne dans la maison. Toutefois, il était évident qu'elle avait été habitée très récemment.

L'inspecteur général téléphona à l'opératrice et apprit qu'il appelait de la résidence du pasteur Barker!

Pendant ce temps, Léon, qui examinait attentivement les lieux, crut reconnaître le parfum de Rénalda dans une toute petite chambre sans fenêtre. Sous le lit, il aperçut un mouchoir en dentelle encore humide. Il fit part de ses découvertes aux autres qui mirent peu de temps à confirmer le pire : Barker venait de quitter l'appartement avec Rénalda, probablement accompagné d'une autre femme qui partageait le logis avec lui.

Le chef Boyd réussit à rejoindre un de ses hommes à l'aéroport. Il lui apprit que les seules personnes qu'il avait vues sur les lieux étaient le pasteur et madame Barker; ils attendaient un petit avion privé devant les conduire à Antigua pour des fonctions religieuses à la First Tabernacle de Saint John's. Boyd ordonna au constable d'appréhender les deux personnages sur-le-champ et de les ramener, avec leurs bagages, au poste de police de Bridgetown.

Quand le pasteur et son épouse arrivèrent au poste, menottes aux poignets, ils firent face à un petit comité de réception plutôt impatient. L'inspecteur général, le chef de police et Jos Gravel retenaient avec grande difficulté Léon, qui voulait tout simplement tordre le cou du pasteur, avant même que celui-ci ne soit interrogé. L'inspecteur s'interposa.

— Révérend Barker, nous avons découvert le conduit d'égout, nous avons visité votre demeure et trouvé la preuve que vous y avez enfermé mademoiselle Latour. Les experts sont en train de prélever ses empreintes digitales dans la petite chambre. Si vous voulez éviter le pire, dites-nous immédiatement où vous avez laissé votre victime.

— Monsieur, j'ai mes droits, je veux consulter un avocat, lui répondit le pasteur.

— Vous avez vos droits, mais si vous ne nous dites pas immédiatement où est mademoiselle Latour, je vous remets entre les mains de ce jeune monsieur qui bout du désir de faire votre connaissance.

Le pasteur leva des yeux craintifs vers le grand garçon furieux que les autres avaient de plus en plus de mal à retenir. Il se doutait bien que les policiers trouveraient les cent mille dollars dans ses bagages. De plus, s'il arrivait quelque chose à la demoiselle, il serait pendu haut et court. Il valait mieux sauver sa peau. Il confessa.

— J'ai enlevé la jeune touriste parce que j'avais besoin d'argent. Mon ministère au First Tabernacle ne rapporte presque plus rien. J'ai pris la jeune dame pour une actrice de cinéma, donc un bon sujet à rançon. Nous ne lui avons fait aucun mal, je vous le jure. Elle-même vous dira que nous l'avons très bien traitée, mon épouse et moi. Je voulais vous informer du lieu de sa présente séquestration par téléphone, quelques instants avant mon départ pour Antigua. Vos hommes nous ont arrêtés et nous ne sommes pas partis, comme vous le voyez. La jeune dame se trouve chez mon beau-frère, Humber Pudridge, au 1926 de la rue Prince, près du port.

L'inspecteur général, le chef et les deux Canadiens sautèrent dans la voiture de police et, cinq minutes plus tard, ils frappaient à la porte de Pudridge. C'était encore la nuit et tout le monde dormait dans la maison. Pudridge finit par ouvrir, en jaquette de nuit. Ses yeux s'arrondirent démesurément quand il vit les quatre visiteurs et la voiture de police.

— Vous venez prendre la jeune Canadienne, sans doute? Mon beau-frère, le pasteur Barker, ne m'avait pas dit que vous arriveriez en pleine nuit! Je vais la chercher dans sa chambre. Il débarra sa porte et Rénalda sortit en courant se jeter dans les bras de Léon et de Jos. Comme sa mère la veille, elle pleurait et riait tout à la fois. Échevelée et l'habillement un peu froissé, elle paraissait tout de même en bonne forme.

— Où est maman? furent ses premiers mots.

— Elle t'attend à l'hôtel Caribée, lui répondit Léon. On lui téléphonera de la voiture de police et tu lui annonceras toi-même la bonne nouvelle.

En cours de route, Rénalda leur raconta son enlèvement.

— J'étais en train d'examiner un étalage de bijoux lorsque quelqu'un, sans doute debout derrière moi, m'a tenu fermement la tête d'une main, et de l'autre m'a collé un mouchoir sentant affreusement le chloroforme sur le nez et la bouche. Je me suis réveillée sur un lit dans une chambre étroite sans fenêtre. La porte était solidement verrouillée de l'extérieur. Il y avait un cabaret de nourriture sur un bureau avec un petit billet que j'ai apporté avec moi.

'Ne soyez pas inquiète. Nous ne vous ferons aucun mal. Vous serez libérée très prochainement.'

«Il y avait également des revues Readers Digest et une cruche d'eau. De temps à autre, je discernais les voix d'un homme et d'une femme, sans pouvoir distinguer les paroles. D'après ma montre, je suis demeurée là moins de quarante-huit heures. Un peu après minuit, j'ai entendu des pas près de ma chambre, quelqu'un a débarré la porte. Deux personnes portant un masque, un homme et une femme, sont venues me prendre, avec fermeté mais sans rudesse, et m'ont conduite à leur voiture. Sans dire un traître

mot, ils m'ont amenée à un endroit où ils m'ont remise entre les mains d'un autre couple, également
masqué. Ces deux-là m'ont dirigée silencieusement
vers une autre petite chambre, également sans issue,
où ils m'ont enfermée. Sur le bureau se trouvait un
plateau de nourriture et la petite note que voici :

'Reposez-vous sans inquiétude. Vos amis viendront vous prendre demain matin.'

«Je venais de m'endormir quand on est venu me
relâcher, plus rapidement que prévu. Je n'ai pas été
molestée, mais je n'ai jamais été aussi inquiète de ma
vie. Est-ce que maman a été enlevée elle aussi?»

— Non, lui répondit Léon. Par contre, ton enlèvement l'a durement secouée. Le Island Princess a dû
continuer sa route. Elle repose à l'hôtel Caribée où on
essaie de la rejoindre. Justement, le chef de police te
passe l'appareil.

— Maman?

— Est-ce bien toi, Rénalda?

— Oui, c'est moi! Je suis libérée, saine et sauve.
J'arrive!

— Dieu soit loué! s'écria madame Latour en laissant échapper le plus profond de ses soupirs.

Chapitre VII

Une élection mémorable à Beaurivage

B EAURIVAGE était en pleine ébullition. Les dames déambulaient en petits groupes sur les trottoirs; les voitures bondées de jeunes se croisaient dans la rue Pontiac, l'artère principale; les plus âgés fumaient dur et parlaient fort sur les galeries; les notables s'interpellaient d'un coin à l'autre du grand hall de l'hôtel Champlain. Le printemps était arrivé et, du même coup, le déclenchement d'une élection à la mairie.

Après plusieurs élections sans opposition, monsieur le maire Robert W. Farthington allait faire face à un adversaire. Le Gros Bob, marchand général prospère et débonnaire, avait toujours réussi à administrer la municipalité sans se créer trop d'ennemis politiques. Sous sa direction, Beaurivage connaissait une économie relativement prospère. En plus de la pêche sportive au saumon qui attirait beaucoup de touristes américains l'été, d'autres vacanciers venaient à la chasse l'automne, et un grand nombre de skieurs envahissaient les montagnes environnantes l'hiver. Le printemps, c'était le réveil de la nature, l'effervescence sociale et la politique.

Le Gros Bob était un animal politique. Le printemps était donc sa saison favorite. À la première fonte des neiges, il laissait le comptoir et la caisse de son magasin à la charge de son commis et prenait des bains de foule. Il devenait omniprésent. Après plusieurs mois d'abstinence religieuse totale, il commençait sa journée par une messe basse. Puis on le voyait faire la ronde des établissements publics au cours de l'avant-midi : l'hôtel de ville, le palais de justice, le bureau de poste, la gare du chemin de fer, l'épicerie, le centre communautaire, les garages, la caserne de pompiers. Après son déjeuner au restaurant Le Bijou, où il circulait d'une table à l'autre, il allait à l'Hôtel-Dieu rendre visite à «ses malades». En fin d'après-midi, il s'approchait de l'hôtel Champlain où sa présence se faisait sentir à l'heure du cocktail. Après un souper bien arrosé à la salle à manger, il atteignait finalement les heures les plus importantes de sa journée, la partie privilégiée de son travail de maire, sa tournée à la Légion. C'est là, vraiment, en compagnie de ses anciens compagnons d'armes, qu'il réglait les problèmes municipaux. Parfois même, quand l'occasion s'y prêtait et que l'auditoire répondait intelligemment, il résolvait les questions provinciales, fédérales et internationales. Alors, il rentrait chez lui se coucher, fort tard, très fatigué et très heureux.

En ce printemps ensoleillé de l'année 1970, la survivance politique du Gros Bob était menacée. On se souvient qu'il avait été confronté agressivement par les Dames de Sainte-Anne relativement au droit de pêche des citoyens de Beaurivage dans la rivière Restigouche, droit injustement brimé, selon elles,

par les millionnaires américains. Gros Bob, non plus,
ne l'avait pas oublié. Il se rappelait également qu'il
avait été sorti du pétrin par «le miracle de la rivière»,
en l'occurrence le sauvetage héroïque d'Eulalie Lachapelle par l'hôtelier Régis Roberval. Ce coup d'éclat
avait eu le don de calmer les émotions. Les Dames de
Sainte-Anne, éternellement reconnaissantes à l'égard
de l'hôtelier, avaient laissé tomber l'affaire. Du moins,
on n'en parlait plus. Gros Bob, tout réjoui de ce dénouement inattendu, se félicitait de la paix politique
qui était retombée sur Beaurivage comme une manne
bienfaisante.

Pourtant, même si les Dames avaient monté
Roberval sur un piédestal, elles n'avaient jamais considéré Gros Bob comme canonisable. Elles n'avaient
pas oublié ses belles promesses quand elles l'avaient
sorti du lit, en plein dimanche midi, après la messe.
Le souvenir de sa tenue pitoyable et de son air éméché était ancré profondément dans leur mémoire. Elles
attendaient tout simplement la prochaine élection.

Sans trop faire de bruit, les Dames avaient, au
cours des mois d'hiver, soupesé les mérites des candidats potentiels à lancer contre Gros Bob. Le premier
nom sur leurs lèvres était, bien sûr, celui de l'hôtelier.
Ce serait un candidat fort. Il ne se laisserait bousculer
par personne. Il faisait le poids. D'un autre côté, à
titre d'hôtelier, accepterait-il d'embarquer de plain-
pied dans la politique?

Une intermédiaire prit contact discrètement avec
Roberval. La réponse fut négative.

— Je vous remercie, madame Thibodeau, de
votre confiance. Je suis trop occupé à mon hôtel pour
remplir le rôle de maire. De plus, Gros Bob est un de

mes meilleurs clients. Je ne peux pas me le mettre à dos. Ensuite, je détiens un permis de vente de boissons alcooliques pour mon établissement et je doute fort de pouvoir le conserver en exerçant les fonctions de maire.

— Pourtant, vous n'avez pas hésité à diriger les Régicides au cours de la fameuse campagne au sujet de la pêche sur la rivière. Avez-vous perdu un peu de pétard avec le passage des années?

— J'ai encore de la vie plein le corps et, malheureusement, mon corps est loin d'avoir diminué. Cette campagne au sujet de la pêche touchait l'économie et non la politique. Un hôtelier qui veut réussir dans son métier ne peut se mêler de politique, du moins pas dans un village où presque tout le monde se connaît. Ma taverne est pleine, tous les soirs, d'amis du Gros Bob et je vois rarement les Dames de Sainte-Anne à mon établissement! C'est la première fois que je vous rencontre ici, madame Thibodeau, tandis que le Gros Bob est à la veille d'arriver pour son boire de cinq heures.

— Alors, je me sauve! Sans rancune, monsieur Roberval.

Les dames passèrent en revue les notables du village. Le docteur Lafièvre? Trop occupé. Le pharmacien Deschamps? Trop intellectuel, pas assez pratique. L'homme d'affaires Jos Gravel? Réputation douteuse; les gens n'ont pas oublié Friola, vous savez. Plusieurs autres furent envisagés, analysés, évalués, décortiqués, plumés et mis de côté *in absentia*. Vers la fin de l'hiver, une dame souleva le nom de Léon Marquis. Le jeune avocat? Le fils du garde-pêche? Il a quel âge encore? Seulement vingt-six ans? Vous n'êtes pas sérieuse!

Tout de même, c'était agréable de le passer au tamis. Un peu jeune, mais un bel air. Il a sûrement plus d'allure que le fameux Gros Bob. Plus instruit, plus distingué, plus éloquent. Vous étiez au procès de Gravel? Il a joué son rôle avec assurance. Il fait peut-être un petit peu pédant, mais souvent c'est de la timidité camouflée, combinée avec de l'orgueil mal dissimulé. Apparemment qu'il fréquente la fille de l'ancien juge Latour, la belle Rénalda. Est-ce que ce serait convenable, un maire marié, ou encore pire, accoté, avec la fille d'un criminel? Pensez-y bien! Oui, mais après tout, c'est pas de sa faute ni celle de Rénalda. La pauvre petite en a écopé, dernièrement! Après le procès du père, son enlèvement à la Barbade!

Même si la discussion était animée et les personnages à l'étude très intéressants, la présidente décida d'y mettre fin pour en venir à une décision.

— Mesdames, je devine que vous avez conclu que Léon Marquis est un excellent candidat à la mairie. Dans les circonstances, il est à propos que votre présidente le rencontre elle-même pour le solliciter. Je vais donc le voir le plus rapidement possible et je vous ferai part de sa réaction.

Plus tard, dans la journée, Eulalie rejoignait Léon à son bureau par téléphone.

— Allo! Me Marquis. Ici Eulalie Lachapelle. J'ai une question importante à discuter avec vous.

— Je serai enchanté de vous rencontrer, mademoiselle Lachapelle. Quand désirez-vous me voir? Je vais demander à ma secrétaire de ménager un rendez-vous à l'heure qui vous conviendra.

— Me Marquis, je préfère vous rencontrer ailleurs qu'à votre bureau. Vous demeurez toujours chez vos parents? Pensez-vous être chez vous ce soir? Très bien, j'y serai à huit heures tapant.

À l'heure prévue, Sophie Marquis ouvrait la porte à Eulalie. Les deux dames se connaissaient bien pour avoir partagé les mêmes bancs d'école. Sans être de grandes amies, elles se rencontraient de temps à autre et s'entendaient bien.

— Quel bon vent t'amène, ma chère Eulalie? Je suis heureuse de te voir, et en si bonne forme. Je crois que tu veux parler à notre Léon. Il est en train de lire des documents au salon. Tiens, il arrive.

— Bonsoir, mademoiselle Lachapelle. Si vous voulez discuter confidentiellement, j'ai un petit bureau...

— Ce ne sera pas nécessaire. Je connais ta maman depuis toujours et je sais qu'elle ne dévoilera pas nos secrets. Je crois même qu'il serait profitable pour nous deux qu'elle prenne part à notre discussion. J'ai toujours respecté son bon jugement.

— Tu es toujours si gentille, Eulalie. J'ai beaucoup à faire à la cuisine, si tu veux consulter Léon sur des sujets personnels...

— Pas du tout, ma chère Sophie. J'aimerais que tu sois présente. Quoi qu'il advienne, je suis convaincue que Léon voudra discuter de ma proposition avec toi et avec ton mari, en toute discrétion, évidemment.

— Mademoiselle Lachapelle, vraiment vous m'intriguez, dit Léon. Allez-y, on vous écoute tous les deux.

— Voici! J'arrive directement au but. Vous n'êtes pas sans savoir que nous aurons une élection à la mairie de Beaurivage très bientôt. Vous savez également que notre maire actuel, monsieur Farthington, est en place depuis déjà longtemps. Trop longtemps, à notre goût. Je dois admettre au départ que Gros Bob est un homme foncièrement honnête et plaisant. Plusieurs d'entre nous cependant se rendent compte qu'il n'est pas celui qu'il faut pour orienter Beaurivage vers un avenir meilleur. Notre maire actuel n'a pas l'imagination, l'initiative, ou la compétence nécessaires pour ébaucher un programme économique ou envisager des perspectives nouvelles. Il ne fait que patauger dans la même routine. Il nous faut du sang nouveau. Nous avons songé à quelques autres candidats, nous avons analysé la situation tout l'hiver et finalement notre choix s'est arrêté sur vous, Me Léon. Qu'en pensez-vous?

Léon était interloqué, sa mère abasourdie. Les deux se sont interrogés des yeux, Léon s'est dérhumé. Après un moment de silence, il a commencé à réagir.

— Pour une surprise, mademoiselle Lachapelle, c'est toute une bombe que vous nous lancez là! Vous voulez que je me présente à la mairie, moi, un jeune de vingt-six ans! Ma première réaction est la stupéfaction. Venant d'une personne moins sérieuse que vous, une telle proposition m'aurait fait éclater de rire. Je me serais roulé sur le plancher! Dans un deuxième temps, je suis très flatté de votre proposition. C'est tout un compliment que vous me faites là! Au cours de mes études, il m'est venu à l'idée, de temps à autre, de me lancer un jour dans la politique. Je pensais surtout à la politique fédérale, plus tard, quand ma pratique de droit sera établie. Je n'ai jamais un instant songé aux affaires municipales. Encore une fois, mademoiselle Lachapelle, vous me prenez par surprise. Il va falloir que j'y pense.

— Il va falloir surtout que tu en parles à ton père quand il rentrera ce soir, ajouta madame Marquis.

— Bien sûr, répondit Eulalie, il devra consulter son père. Et sa mère également. Sophie, tu n'es pas sans savoir toi-même que Léon est talentueux et précoce. Il a beaucoup reçu de la Providence et, en retour, il doit rendre service à la société. Je n'ai pas à vous répéter, à tous les deux, la parabole des talents. Vous connaissez l'Évangile aussi bien que moi.

La discussion se poursuivit quelque temps puis, au départ d'Eulalie, il fut convenu que sa visite demeurerait confidentielle, quelle que soit la décision. Il faudrait tout de même qu'elle soit prise assez rapidement. L'élection approchait...

Plus tard, dans la soirée, la discussion reprit avec le père qui revenait d'une tournée sur la rivière. Ce dernier, homme réaliste, avait des questions précises à poser à son fils.

— Léon, les honneurs ne font pas vivre mais ne font pas mourir non plus. Peux-tu pratiquer le droit et trouver le temps nécessaire pour être un bon maire?

— Je n'ai pas l'impression, répondit Léon, que le poste de maire d'une petite municipalité soit tellement accaparant. Je vais tout de même m'informer. Je connais bien la secrétaire du maire et je vais lui en parler en douce.

— Est-ce qu'une campagne politique peut nuire à ton étude légale?

— Je crois que si je fais une bonne campagne, une campagne honnête et bien organisée, je peux même augmenter ma clientèle.

— Si tu perds ton élection, est-ce que ça va être la catastrophe? Vas-tu avoir le caquet bas? Vas-tu te sentir humilié?

— Si je perds, je prendrai ma pilule, comme on dit.

— Penses-tu que tu as des chances de gagner?

— Dans le moment, je n'en ai aucune idée. Je sais qu'Eulalie a beaucoup d'influence, mais Gros Bob a une foule d'amis. Moi-même, je l'ai toujours trouvé très gentil, très avenant.

— Alors, mon Léon, il va falloir te renseigner sur tous ces sujets, puis sonder le terrain. C'est ta décision à toi. Ton âge n'est pas le facteur le plus important. Un homme de cinquante-deux ans n'est pas nécessairement deux fois meilleur qu'un garçon de vingt-six. Surtout si ce dernier a une bonne tête sur les épaules.

Léon voulut commencer son sondage auprès de l'électrice qui l'intéressait le plus dans le village. Dès le lendemain à midi, il déjeunait avec Rénalda au Champlain. Cette dernière était toute joyeuse et pimpante dans son costume d'infirmière.

— Excuse-moi, Léon, si je t'arrive en uniforme. Je n'ai qu'une heure pour le déjeuner et tu semblais si pressé de me voir quand tu m'as téléphoné. Qu'est-ce qui se passe?

— Permets-moi d'abord de t'admirer. Le tailleur de l'Hôtel-Dieu te va à ravir. Tu te plais toujours à l'hôpital?

— Il n'y a rien comme le travail auprès des malades pour faire oublier ses propres peines. Tu sais que je termine aujourd'hui mon deuxième mois. Je suis très heureuse dans ma profession d'infirmière, comme je te l'ai souvent répété. Et toi, tu as l'air tout épanoui. Je devine que tu veux m'annoncer un événement important. Cesse de me faire languir, espèce de drôle!

— Garde Latour, j'ai l'honneur de vous annoncer que je songe sérieusement à me présenter à la mairie de Beaurivage!

— Pardon?

— Tu m'as très bien compris.

— Mes félicitations, monsieur le maire! Léon, es-tu tombé sur la tête?

Léon redevint sérieux et lui raconta l'entrevue qu'il avait eue avec Eulalie, la discussion avec son père, le tout sous le sceau du secret. Il présenta avec clarté et objectivité les arguments pour et contre la proposition. Finalement, il demanda à la jeune fille son opinion :

— Tu es la première à qui j'en parle, à part mes parents. Je me fie énormément à ton bon jugement. Tu me connais maintenant. Nous sommes devenus très près l'un de l'autre, surtout depuis l'affaire de la Barbade. Je ne voudrais sûrement pas m'embarquer dans une telle aventure sans en discuter avec toi. Je sais bien qu'en définitive la décision me revient. Mais tu peux me conseiller.

— Ma lanterne politique n'éclaire pas très loin. Je ne connais vraiment pas les exigences du poste. Il n'y a aucun doute dans mon esprit que tu es mieux préparé que le maire actuel. Je suis d'accord avec ton père que ton jeune âge ne doit pas être un empêchement déterminant. La jeunesse est la maladie la plus facile à guérir. C'est tout de même un facteur dans le sens où tu n'as aucune expérience dans le domaine. Évidemment, Gros Bob n'avait pas d'expérience lui non plus avant d'être élu. En somme, comme tu l'as si bien dit, la décision te revient. Je te suggère d'en parler à «l'oncle Jos».

— Tu as parfaitement raison. Il a eu affaire à des municipalités toute sa vie. Il me connaît. Il est tout désigné pour ma prochaine consultation. Mais toi, Rénalda, me vois-tu maire?

— Tu as toutes les qualités pour réussir dans la vie. Toi seul peux choisir la voie à suivre. Si tu fais campagne, tu peux compter sur moi. Je collerai des timbres sur tes enveloppes, je t'accompagnerai de porte en porte, je cabalerai les médecins et les malades de l'hôpital et j'irai même chanter au bar de l'hôtel.

— Tu es épatante. Si tu chantes au bar, Gros Bob lui-même va voter pour moi!

Après le repas, Léon s'en alla directement chez Jos Gravel et lui demanda conseil. L'oncle Jos était enthousiasmé par la proposition.

— Pourquoi pas? Tu as sûrement le goût de te lancer en politique, puisque tu nous en parles. Vas-y! Le pire qui puisse t'arriver, c'est que tu perdes ton élection. Ce n'est pas nécessaire de dépenser des sommes énormes pour une campagne à la mairie d'un village. Il s'agit de te vendre toi-même et tu es un excellent produit. Sors de ton bureau, rencontre les gens, va à la radio, demande une assemblée contradictoire pour confronter Gros Bob. Si tu veux, je peux être ton organisateur. Il me reste un peu de temps libre. J'aimerais tenter l'expérience.

— Parfait! répondit Léon. On se lance. Je téléphone immédiatement à Eulalie et, du même coup, je lui apprends que tu es mon organisateur en chef.

Le soir même, Léon accordait une entrevue au poste C.H.N.B. et annonçait son entrée dans la lutte électorale. Dès le lendemain, tout le village était au courant. Presque immédiatement les électeurs se divisèrent en trois groupes.

Dans le premier camp, les partisans de Gros Bob, les retraités qui ne voulaient pas bouleverser l'ordre établi, les hommes d'affaires accoutumés à composer

avec lui, les anciens combattants et autres habitués
de la Légion, les travailleurs et chômeurs qui fréquentaient l'hôtel et les restaurants. En somme, un groupe
discordant et assez considérable.

La deuxième faction comprenait, au départ, les
Eulalistes, c'est-à-dire les dames des différentes or-
ganisations religieuses et sociales de la paroisse. Ensuite, se joignirent les professionnels, enseignants,
chefs de file, qui voyaient d'un bon œil l'apport intellectuel du jeune avocat. Par après, les jeunes en général, qui ne demandaient pas mieux que de chambarder
l'ordre établi. Enfin, les gens qui travaillaient au service des clubs sportifs et connaissaient bien le garde-
pêche Marquis et son fils. Donc, un groupe aussi
important et disparate que le premier.

Le troisième clan était formé d'indécis. Quelques-
uns digéraient difficilement la candidature d'un jeune
de vingt-six ans. Imaginez, un enfant! Il demeure encore chez ses parents! Il n'est même pas marié! Par
contre, ils étaient désenchantés du maire en place. Le
Gros Bob? Un gros farceur! Il n'a absolument rien
accompli depuis qu'il est là. Une honte pour le village!
D'autres, de nature hésitante et flottante, vacillaient
entre un candidat et l'autre, demeuraient ambigus,
refusaient de se compromettre, ou attendaient la suite
des événements.

Pour sa part, monsieur le maire avait été estomaqué d'apprendre la candidature du jeune Marquis.
«Pourquoi me faire de l'opposition, à moi qui me suis
dévoué corps et âme au bien-être de mes concitoyens?
Je n'ai que des amis au village. Quel âge a-t-il, ce petit?
Ce n'est qu'hier, il me semble, que je le voyais dans le
canot avec son papa. À quoi est-ce qu'il pense de se
lancer contre moi, homme bien établi et hautement

respecté? Ça me surprend que ses parents, de braves gens tout de même, ne l'aient pas empêché de commettre une telle bêtise! Si le jeune ne se ravise pas, il va y goûter. À tout événement, il ne faut pas prendre de chance, je vais rencontrer tout mon monde et mettre ma campagne en branle.»

Dans sa ronde quotidienne du lendemain, Gros Bob se rendit compte rapidement que l'annonce de la candidature de l'avocat Marquis avait eu un effet prononcé. Ceux qui l'avaient entendu à la radio la veille avaient été favorablement impressionnés. Bien sûr, les copains du maire en faisaient des gorges chaudes et se moquaient du «petit garde-pêche»; par ailleurs, plusieurs prenaient le jeune Marquis au sérieux. Le plus inquiétant pour monsieur le maire, c'était que bien des personnes considérées par lui comme ses partisans les plus fidèles demeuraient très discrètes en sa présence. Il fallait y voir, et tout de suite.

De son côté, Jos Gravel s'était mis immédiatement au travail. Il forma un comité, obtint une liste des électeurs, distribua les tâches à ceux qu'il jugeait les plus responsables. Il établit des relations étroites, mais discrètes, avec le groupe des Eulalistes auquel il avait confié le rôle des contacts personnels. D'une main ferme, il veilla à ce que toutes les exigences d'une campagne efficace soient respectées. Le mot d'ordre était clair et précis: il ne faut pas dénigrer l'adversaire. On ne doit même pas en parler, ce serait de la publicité gratuite pour lui. Il faut convaincre les électeurs des mérites du candidat Marquis. Le slogan à répéter à toutes les occasions : «Élisons maintenant un homme d'avenir».

Pendant que l'oncle Jos veillait à l'organisation, Léon profitait de ses moments libres pour rencontrer la population. Il n'était pas extraverti de nature. Au début, il lui fallut se faire violence. Cependant, les rencontres lui devinrent de plus en plus faciles. De temps à autre, surtout en soirée, Rénalda venait lui prêter main forte. Alors, le porte à porte et le trottoir devenaient tellement plus agréables! En fin de journée, ils s'assoyaient tous deux chez elle, sur la galerie, et passaient en revue le travail accompli. C'était le moment culminant de la journée, la récompense bien méritée.

Pendant ce temps, monsieur le maire se débattait le mieux qu'il pouvait, à la mesure de ses moyens. Ce n'était pas un homme discipliné. En réalité, son organisation politique, c'était lui-même, et il se rendait bien compte qu'il prenait du retard. Dans son for intérieur, il se sentait en perte de vitesse. Il avait exploité tous ses vieux trucs, pressenti tous ses amis, répandu tous ses charmes, sans pouvoir devancer ni même rejoindre son adversaire. Il se savait maintenant plafonné. Pour remporter la victoire, il lui faudrait donc démolir le jeune Marquis. Pas facile!

Fondamentalement, Gros Bob n'était pas méchant. Mais il tenait à sa peau, il adorait son poste de maire; c'était sa vie. Il ne pouvait accepter que ce petit avocat vienne la détruire. Alors, il allait prendre les grands moyens.

Après mûres ruminations, il en vint à la conclusion que sa seule planche de salut était un coup de théâtre; soit de lancer une bombe, soit plutôt, d'en faire lancer une, pour éclabousser la réputation de Marquis. Qui était le pire ennemi du petit garde-pêche à Beaurivage? Léon semblait être estimé de tous. Pas tout à fait. Sûrement que Ludger Legros, humilié, frappé d'un coup de rame par Léon Marquis, enfermé au pénitencier, n'était pas en adoration devant lui. Ludger devait venir au bureau, dans l'arrière-magasin.

Ludger ne se fit pas prier. Il était au rendez-vous chez le maire et en avait beaucoup à dire. Tous les deux jasèrent longtemps et, tard dans la nuit, convinrent d'une stratégie. Le lendemain, Ludger et la plus jeune de ses filles, Florence, se rendaient chez un avocat pour signer un affidavit.

C'était le jour de l'assemblée contradictoire, soit la veille de l'élection. Il y avait foule au centre municipal. Longtemps avant le débat, prévu pour sept heures, tous les sièges étaient occupés, le terrain de stationnement était bondé de voitures. Des haut-parleurs placés à l'extérieur transmettaient déjà, à l'intention des gens qui continuaient à arriver, les sons mélodieux de l'orchestre des Rhapsodiens.

Il fut décidé par les deux candidats que le docteur Laurent Lafièvre présiderait le débat. Chaque orateur parlerait trente minutes, ensuite tous les deux auraient droit à une réplique de dix minutes. Puis tous les deux répondraient aux questions de la salle. On tira à pile ou face pour savoir qui commencerait. Le sort tomba sur le maire Farthington.

Gros Bob n'était pas vraiment orateur. Il était plutôt comédien. Parfois mi-figue, mi-raisin, parfois bouffon, il savait captiver l'attention de son auditoire. Son discours, truffé d'anecdotes amusantes, décrivit ses réalisations «au cours de son règne». Il trouva moyen de s'attribuer le mérite de tous les événements heureux des dernières années, y compris le temps magnifique de ce début de printemps. Il eut le don de combler de joie le cœur de ses nombreux partisans et eut droit à une ovation de leur part.

Léon, plus nerveux et moins habitué à ce genre de débat, commença sur un ton professoral. À mesure qu'il avançait, il prenait de l'aplomb et faisait valoir ses arguments avec plus d'assurance. Il développa son programme avec logique et conviction. Son débit était impressionnant, sans toutefois laisser suffisamment d'espace pour permettre les applaudissements, de sorte que l'auditoire l'écoutait avec grande attention, dans un silence total. Il termina avec vigueur et reçut, lui aussi, une chaude ovation de la part de ses partisans.

Quand vint la réplique, Gros Bob lança sa bombe.

— Vous avez entendu ce beau jeune homme vous parler comme un professeur, comme un saint homme? Eh bien, il n'est ni saint ni pur. Ne prenez pas ma parole. Écoutez ce que dit une jeune fille-mère dans son affidavit.

D'un geste théâtral, Gros Bob tira de son veston un document légal qu'il déploya devant la foule et lut lentement, de son ton le plus dramatique.

C'était un affidavit dans lequel Florence Legros accusait Léon de l'avoir mise enceinte et de l'avoir abandonnée, elle et son enfant. Pendant que Gros Bob faisait la lecture du document original, Ludger Legros distribuait des copies dans la salle. La lecture du document terminée, monsieur le maire pointa le doigt vers le fond de la salle où Florence se tenait debout le long du mur, son bébé dans les bras.

Le coup de tonnerre remplit la salle de stupeur. Les partisans de Léon, assommés sur leurs chaises, respiraient à peine et se regardaient bouche bée. Rénalda et sa mère, assises dans la première rangée, devinrent pétrifiées. Léon, abasourdi, demeurait muet sur l'estrade. Soudain, il se ressaisit et courut au micro.

— Mesdames et messieurs, j'ai le droit de réplique, commença Léon d'une voix forte et énergique. Jamais je ne m'attendais à un tel coup bas de la part de mon adversaire. Il doit se sentir vaincu pour employer à la dernière minute une tactique aussi honteuse et aussi désespérée. L'affidavit qu'il vient de vous lire est un tissu de mensonges, probablement cuisiné par lui-même et par Ludger Legros. Vous savez que celui-ci ne m'aime pas, et pour cause. Bien sûr, je connais Florence Legros. Nous étions dans la même classe à l'école. Elle sait très bien que je ne suis pas le père de son enfant. Je ne lui ai jamais fait l'amour. Je ne l'ai même jamais touchée. Je suis convaincu que c'est son père qui l'a terrorisée et forcée à signer l'affidavit. Je suis prêt à me rendre immédiatement à l'hôpital avec elle pour des prises de sang afin de réfuter la paternité. Mais l'élection a lieu demain. Je ne sais pas si les résultats d'un test médical peuvent être obtenus à temps. Vous devinez donc pourquoi monsieur le maire a attendu la dernière minute pour lancer son pétard. Mes chers amis, je vous demande de me faire confiance. Je vous demande de me croire. Je ne suis pas un saint homme, mais je ne suis pas le père de l'enfant. Florence le sait bien, son père et Robert Farthington le savent aussi. Au nom de la justice et de la démocratie, nous ne pouvons pas permettre au maire de se faire réélire au moyen d'un complot si odieux.

Tout à coup, l'auditoire aperçut Florence qui s'avançait dans l'allée, son bébé dans les bras. Elle gravit lentement les marches et s'approcha du micro sur la scène. Florence était une jolie brunette au corps gras-souillet et aux grands yeux expressifs. Elle s'adressa à la foule.

— J'aurais bien aimé que Léon Marquis soit le père de mon bébé. J'ai toujours adoré Léon, sans jamais le lui dire. Malheureusement pour moi, c'est mon propre père, Ludger Legros, qui m'a assaillie et violée au sortir du pénitencier. C'est lui le père de mon enfant! C'est lui qui m'a forcée à signer le document que Gros Bob vient de vous lire. Il va encore vouloir me battre après ce que je viens de dire. Léon, je sais que tu es bon. Si tu es élu maire, protège-moi, ainsi que mon enfant!

Cette déclaration spectaculaire retentit comme un deuxième coup de tonnerre sur l'assemblée. Léon serra Florence et le bébé dans ses bras et l'invita à venir demeurer chez lui, auprès de ses parents, jusqu'à ce que le cas de Ludger soit réglé une deuxième fois. Le docteur Lafièvre s'approcha du micro.

— Mesdames et messieurs, à titre de président de cette assemblée je vous invite à vous rendre aux urnes demain, en grand nombre. Je vous demande de voter selon votre conscience. L'assemblée est levée.

Le lendemain soir, à peine une heure après la fermeture des bureaux de scrutin, Léon Marquis était élu maire de Beaurivage à une écrasante majorité.

Chapitre VIII

Léon vit une journée merveilleuse

DEPUIS plus de vingt ans, le poste de secrétaire de la municipalité de Beaurivage était
occupé par le notaire Omer Simonac. «Monsieur Omer»,
comme il aimait se faire appeler, était un homme
méticuleux et routinier. Généralement affublé d'un
vieux veston gris, aux coudes en cuir, et chaussé de
souliers en suède, il se déplaçait silencieusement d'une
pièce à l'autre de l'hôtel de ville, surprenant les employés par ses apparitions inattendues. Sa tête ronde
et chauve, découpée par un pif protubérant et d'épais-
ses lunettes, lui donnait l'air d'un hibou.

Monsieur Omer était à la fois administrateur,
gérant, comptable et directeur de la municipalité. Du
moins, il exerçait toutes ces fonctions. Le maire
Farthington, qui l'avait nommé secrétaire, était devenu
au cours des années un personnage purement déco-
ratif. Gros Bob se pavanait dans le village, prononçait
des discours ronflants à l'occasion, présidait aux réunions du conseil. Ces réunions étaient cuisinées par
monsieur Omer, qui dressait l'ordre du jour, préparait
les résolutions, rédigeait le procès-verbal. Il prenait

place à côté du maire et lui soufflait discrètement les réponses aux questions posées et les solutions aux problèmes à régler.

Cet arrangement faisait le bonheur des deux hommes. Gros Bob pontifiait et s'occupait de son commerce, monsieur Omer menait la barque municipale sans embêtement de la part de la figure de proue. Malheureusement, les meilleurs accords de ce monde ne sont pas éternels.

Monsieur Omer avait été légèrement agacé d'apprendre que «son maire» ne serait pas réélu sans opposition. La démocratie a tout de même ses exigences et il lui fallait donc se résigner et faire le nécessaire pour organiser le scrutin. Lorsqu'il apprit que le seul autre candidat était le jeune Marquis, monsieur Omer se permit un rare petit sourire, accompagné d'un léger soupir de soulagement : l'ordre établi ne serait pas perturbé.

Par contre, vers la fin de la campagne, les nouvelles qui parvenaient aux oreilles de monsieur Omer prirent une tournure désagréable. À tel point qu'il décida de se rendre à l'assemblée contradictoire pour constater lui-même l'état des choses. Le fiasco de l'affaire Legros et la réaction sympathique envers le jeune Marquis plongèrent le secrétaire dans la plus profonde consternation. À partir de ce moment, il s'attendit au pire.

Le bureau de monsieur Omer occupait un endroit stratégique, donnant sur le hall d'entrée de l'hôtel de ville. De ses portes vitrées, il contrôlait les activités des employés et les allées et venues des clients ou des visiteurs. C'est ainsi que, le lendemain de l'élection, il vit arriver le jeune nouveau maire. Il se porta immédiatement à sa rencontre, lui serra la main, le félicita de sa brillante victoire et l'invita à passer à son bureau. Sa première impression était que Léon faisait bien jeune pour occuper un tel poste. Par ailleurs, le petit avait l'air sympathique et bon enfant. Le secrétaire en tira la conclusion que s'il jouait bien ses cartes, il pourrait conserver le gros de son pouvoir, quitte à permettre un peu plus de latitude au nouveau maire dans le domaine des programmes de longue haleine. C'était visiblement un jeune homme intelligent qui se préoccuperait de l'avenir tout en laissant le présent à la gouverne de son secrétaire expérimenté.

Les deux hommes discutèrent de façon très préliminaire les problèmes municipaux de l'heure, les assemblées à venir, les fonctions officielles à exercer. Puis, monsieur Omer allongea le bras et prit une Bible qu'il présenta à Léon.

— Monsieur Marquis, si vous voulez bien poser la main sur la Bible, je vais vous faire prêter le serment d'office.

— Pardon? Je crois que l'assermentation d'un nouveau maire mérite un peu plus de décorum! J'ai l'intention de me faire assermenter, ainsi que les nouveaux échevins, à la prochaine réunion du conseil. D'ailleurs, je veux inviter mes parents et amis et ouvrir les portes de l'hôtel de ville à tous les électeurs de Beaurivage. C'est une occasion toute choisie pour intéresser nos concitoyens aux affaires municipales.

— C'est votre décision, monsieur le maire, répondit monsieur Omer, surpris et contrarié de se faire ainsi rabrouer, pour la première fois en vingt ans. Je vais faire le nécessaire.

— Maintenant, monsieur Omer, allons visiter le bureau du maire, dit Léon en se levant.

— C'est que, heu! voyez-vous, votre prédécesseur n'a jamais vraiment eu de bureau à l'hôtel de ville. Le cabinet du maire n'a pas été occupé depuis une bonne vingtaine d'années.

— Allons tout de même visiter la pièce et nous verrons les possibilités d'aménagement.

Monsieur Omer fourragea dans les tiroirs de son bureau, sortit un trousseau de clefs poussiéreux, puis les deux hommes se dirigèrent vers le fond du corridor du rez-de-chaussée. Après avoir essayé plusieurs clefs, le secrétaire réussit à débarrer une porte qui donnait sur un petit cubicule encombré de boîtes, de chaudières et de vieilles vadrouilles poudreuses, manifestement un débarras depuis longtemps abandonné.

Léon éclata d'un rire spontané dont les joyeuses cascades se répandirent dans tous les coins du petit édifice. Quelques employés apparurent dans les encadrements de porte pour identifier la source d'une telle jovialité en la présence du taciturne secrétaire. Ce dernier, ne sachant plus sur quel pied danser, attendait que le jeune maire reprenne tous ses sens.

— Monsieur Omer, vous êtes tout un farceur! Je ne vous connaissais pas ce sens de l'humour de pince-sans-rire. Nous allons faire bon ménage!

Monsieur Omer décida d'accepter le compliment et de rouler avec la boule. Il réussit donc à produire une grimace souriante du coin des lèvres.

— Monsieur le maire, voulez-vous que l'on vous nettoie ce petit coin, ou avez-vous d'autres intentions?

— J'ai remarqué, monsieur Omer, que vous avez choisi un excellent emplacement pour le bureau du secrétaire. Préparez-moi un projet de bureau pour le maire. Ou, si vous préférez, nous pouvons tout simplement échanger nos bureaux. Une fois les vadrouilles et les chaudières déménagées, l'ancien petit bureau de maire vous conviendrait peut-être?

— À votre prochaine visite j'aurai un projet à vous suggérer, monsieur le maire. Si vous le voulez bien, je vais vous présenter nos employés.

Les deux hommes s'étaient compris. Dorénavant, le nouveau maire serait présent, intéressé et dynamique. Les services du vieux fonctionnaire seraient appréciés, pourvu que celui-ci ne tente pas d'imposer ses vues ou sa routine. Le maire jouerait le rôle de premier magistrat, et le secrétaire remplirait la charge d'administrateur.

Le jeune maire s'en retourna à son cabinet d'avocat et le secrétaire glissa silencieusement vers son bureau. Monsieur Omer s'arrêta à quelques pas de sa porte et devint songeur. Lentement, il admira la grande baie vitrée qui dominait avec tant de panache le hall d'entrée, et caressa voluptueusement des yeux le somptueux meuble en acajou qui lui servait depuis si longtemps de pupitre.

Cette première rencontre avec le nouveau magistrat l'avait durement secoué. Il entra s'asseoir à son pupitre pour savourer à nouveau, de l'intérieur de son cabinet, l'environnement confortable qu'il s'était aménagé au cours des années. Il sentait le besoin de se retrancher dans ce décor familier pour se fortifier et mieux réfléchir.

Monsieur Omer ruminait. Si la municipalité se portait si bien, si les finances étaient en bon état, et les taxes foncières demeuraient basses, c'était sans aucun doute grâce à ses bons soins, à sa gérance prudente, à ses talents d'administrateur circonspect, prévoyant. Il ne s'attendait pas à de la reconnaissance de la part de la population ni de son maire, bien sûr. Son humilité naturelle, pensait-il, n'attirait pas la flatterie et ne la recherchait pas non plus. Tout de même, à titre de principal artisan, de créateur de la prospérité locale, il avait sûrement le droit de se féliciter lui-même. Il s'arrêta quelques instants pour le faire.

Ainsi ragaillardi, il se mit à chercher des solutions pratiques aux problèmes que son nouveau maire venait de faire surgir. Dans un premier temps, il fallait déterminer quelle attitude prendre à l'égard du jeune magistrat. Allait-il lui tenir tête et refuser de se soumettre à ses volontés? Étant donné sa longue expérience de l'hôtel de ville, il pouvait sans doute mettre des bâtons dans les roues et entraver la nouvelle administration. À première vue, la possibilité était alléchante, savoureuse même. Monsieur Omer jubilait déjà à l'idée de voir le petit garde-pêche trébucher et cafouiller à la première réunion du conseil.

Par ailleurs, le jeune avocat venait d'être porté au pouvoir par une majorité écrasante. Il était au sommet de sa popularité. Il avait déjà suffisamment de culot. Avec l'appui de la population, il pouvait tout simplement flanquer le secrétaire à la porte, solution ennuyeuse, même désastreuse, pour monsieur Omer.

Le secrétaire conclut qu'il valait mieux composer. De toute façon, le nouveau maire était intelligent, débrouillard et d'un commerce agréable. Les deux hommes pouvaient s'entendre. De plus, déjà maire à son âge, le jeune Marquis était sans doute appelé à se rendre beaucoup plus loin; donc, il ne serait pas à l'hôtel de ville de Beaurivage tellement longtemps. Préparons des plans pour un bureau convenable à un maire et organisons une assermentation digne de lui.

Le secrétaire s'attela immédiatement à la tâche. Coups de fil aux entrepreneurs en rénovation, invitations aux notables, annonces à la radio locale. Activités fébriles à l'hôtel de ville. En peu de temps, les coups de marteau et les grincements de scie se firent entendre dans l'édifice.

Selon le souhait du maire, toute la population fut conviée à l'assermentation. Dès le début de la soirée, monsieur Omer se tenait à l'entrée et souhaitait la bienvenue aux gens qui arrivaient à pleines portes. Accoutré d'un smoking, chaussé de souliers vernis reluisants, la figure illuminée d'un sourire presque radieux, le secrétaire était méconnaissable. Même les habitués de l'hôtel de ville revenaient sur leurs pas pour scruter le personnage.

La foule exubérante se pressait vers la salle du conseil pour attraper une place. Les derniers entrés se tenaient debout le long des murs et débordaient dans les corridors.

Pendant ce temps, Léon était dans la salle du comité où se réunit toujours le conseil pour discuter d'affaires préliminaires *in camera*, avant une réunion publique. Les quatre conseillers jasaient, se félicitaient l'un l'autre et complimentaient le jeune maire, quand monsieur Omer vint les rejoindre pour examiner avec eux l'ordre du jour. Lorsqu'ils aperçurent le secrétaire dans son nouvel habit de cérémonie, ils se mirent à rigoler et Léon s'esclaffa :

— Monsieur Omer, vous êtes éblouissant! Votre présence projette des étincelles! Vous allez éclipser

maire et échevins! Nous allons disparaître complètement dans l'éclat de votre rayonnement!

— Monsieur le Maire, il va bien falloir que je
m'habitue à vos boutades, lui répondit le secrétaire. Plus sérieusement, le conseil va être assermenté par notre nouveau juge. Comme vous le
savez, Me Lamarche, le procureur de la Couronne a
été nommé juge de district en remplacement du juge
Latour. Je l'ai rejoint hier et il a gentiment accepté
d'officier à la cérémonie. J'ai vu à ce que des sièges
soient réservés à l'avant de la salle pour les parents
du maire et des échevins et pour vos invités spéciaux.
Nous allons débuter par l'hymne national, chanté par
une cantatrice de grand talent. Elle sera accompagnée
par notre orchestre local, les Rhapsodiens. Après
l'assermentation du maire et des échevins, ces derniers diront quelques mots et le maire prononcera le
discours de circonstance. Ensuite, nous procéderons
à la lecture du procès-verbal de la dernière assemblée
et nous passerons à l'ordre du jour que vous connaissez maintenant. Un dernier mot. L'ancien maire
Robert Farthington, a accepté l'invitation que je me
devais de lui envoyer. Il est assis dans le fond de la
salle. Je tiens à vous prévenir que je ne connais pas
ses intentions.

— Je vous remercie de votre excellent travail, lui
déclara Léon. Tout me semble au point. Quant à mon
prédécesseur, il a tout à fait le droit d'être ici. Je men-
tionnerai sa présence dans mon allocution et je trou-
verai sûrement des choses gentilles à dire à son sujet.
Eh bien, allons-y!

En entrant dans la salle à la tête des échevins,
Léon aperçut son père et sa mère, debout dans la

première rangée, applaudissant fièrement, avec les autres spectateurs, l'arrivée du nouveau conseil. À ce moment, se firent entendre l'orchestre qui entamait les premières notes d'Ô Canada et la voix riche et vibrante d'une jeune dame au micro. C'était Rénalda, splendide dans une robe longue, les yeux fixés sur le jeune maire, lui-même frappé d'étonnement. Il ne l'avait jamais entendue chanter et n'en croyait pas ses oreilles. Il sentait chacune des notes le pénétrer jusque dans l'âme, le vivifier et le rendre heureux. Décidément, monsieur Omer avait bien choisi.

Monsieur Omer avait également si bien planifié le la cérémonie que tout se déroula tel que prévu, excepté un événement non inscrit au programme. Après le discours de Léon, au cours duquel il n'avait pas manqué de souligner les services insignes rendus par son prédécesseur, celui-ci se leva et, du fond de la salle, se dirigea vers la table du conseil. Un silence inquiet tomba sur l'assemblée. Quelle nouvelle bombe Gros Bob s'apprêtait-il à lancer? Craignant le pire, Régis Roberval était déjà debout, prêt à intercepter l'ancien maire, en cas de nécessité. De son côté, monsieur Omer s'avança vers Gros Bob pour s'enquérir de ses intentions. D'un signe de la main, ce dernier fit comprendre au secrétaire que ses intentions étaient tout à fait pacifiques.

L'ancien maire alla se planter debout derrière le fauteuil de son successeur, déposa une main sur l'épaule du jeune magistrat et prononça le discours le plus sensé et le mieux apprécié de toute sa carrière.

Au départ, il vanta les mérites de Léon, le félicita de sa victoire et remercia les électeurs d'avoir fait un excellent choix. Ils avaient élu un homme d'avenir, alors que lui-même reflétait le passé. Il se confondit en excuses au sujet de l'affaire Legros. Il avait vraiment cru la version du guide prétendant que Léon Marquis était le père de l'enfant de sa fille. Jamais il n'aurait accepté de véhiculer une telle calomnie s'il avait pensé un seul instant que Legros avait inventé l'histoire de toutes pièces. Évidemment, il aurait dû être plus vigilant, mais il voulait tellement se faire réélire, qu'il n'avait pu résister à la tentation de révéler aux électeurs ce qu'il croyait être le vrai côté du caractère de son adversaire. Il avoua s'être trompé et implora le pardon de Léon et de toute la population.

Ce fut dans un tonnerre d'applaudissements que le jeune maire se leva pour tendre la main à son prédécesseur. La cérémonie finit donc en beauté.

Or, la soirée du nouveau maire de Beaurivage n'était pas terminée. Loin de là. Après les félicitations, les salutations et les embrassades des parents et amis, il se retrouva seul avec Rénalda et l'invita à visiter le nouveau bureau du maire, tout fraîchement aménagé.

— Rénalda, je ne te connaissais pas ces talents de cantatrice. Jamais je ne me suis senti aussi patriote que ce soir. J'en avais des frissons. Si tu t'avisais de chanter une chanson d'amour, je ne réponds pas de mes actes.

— Alors, surveille-toi. Je préfère séduire plutôt qu'enthousiasmer. Pour le moment, visitons ton bureau neuf. J'ai hâte de voir si monsieur Omer a pu te trouver mieux qu'une armoire à balais.

Effectivement, monsieur Omer avait encore démontré son savoir-faire. Les deux bureaux, celui du maire et celui du secrétaire, partageaient la grande baie vitrée, le premier en relief et plus proéminent, le deuxième en retrait, quoique plus considérable, attendu qu'il abritait également son personnel. Les travaux de rénovation avaient été effectués avec bon goût.

— Je vois que notre nouveau maire aura pignon sur rue et n'ira pas se morfondre au pays des vadrouilles, s'exclama joyeusement Rénalda. J'aime beaucoup la sobriété de la boiserie qui s'allie très bien au décor. Tout à fait digne d'un jeune magistrat prometteur!

— Je n'ai encore rien promis, mais mon mandat ne fait que commencer et la soirée est encore jeune. Rénalda, maintenant que tu as baigné dans la splendeur de mon cabinet de maire, j'aimerais te faire visiter un autre endroit, plus intime, où je vais souvent me recueillir dans la solitude. Tu veux bien?

— Tu piques ma curiosité. Allons-y!

Avant de fermer son bureau, Léon retira discrètement un petit paquet d'un tiroir et l'enfouit dans la poche de son veston. En sortant de l'édifice, Rénalda se dirigea naturellement vers le stationnement, mais Léon l'entraîna dans une autre direction.

— Nous ne prenons pas la voiture?

— Non, ce n'est pas nécessaire.

— Alors, c'est tout près et nous nous y rendons à pied?

— Non plus! répondit Léon avec un sourire mystérieux.

— Alors?

— Nous y allons en canot et nous nous rendons directement au quai.

— En canot et moi en robe longue et en talons hauts! Tu te souviens de ce qui est arrivé à Eulalie

Lachapelle quand elle s'est dressée, dans sa grande robe noire, à la proue de son embarcation?

— On n'aura pas besoin de Régis Roberval pour te sauver des eaux. Tu sais nager et moi aussi. D'ailleurs, tu vas t'asseoir bien tranquillement sur le petit banc à l'avant du canot et je vais te conduire à bon port, de l'autre côté de la rivière.

Léon dirigea adroitement l'embarcation dans le courant et, à l'aide de l'aviron, traversa rapidement la rivière pour attacher le canot et débarquer sa passagère à un petit quai un peu en aval du village.

— Léon! Où m'emmènes-tu? Je ne peux pas marcher en talons hauts sur ces galets glissants, s'exclama Rénalda en trébuchant et titubant sur la grève.

Sans mot dire, Léon la souleva de terre et la transporta dans ses bras jusqu'à un vieil escalier en bois, camouflé sous le feuillage. Sans hésitation, il gravit les quelques marches, sa compagne serrée sur sa poitrine, arriva devant une petite cabine blanche et déposa son précieux fardeau sur un vieux canapé installé sur la galerie.

Abasourdie, Rénalda était devenue silencieuse. Cette aventure, imprévue et précipitée, l'avait plongée dans la stupéfaction. Elle n'aurait jamais toléré d'un autre qu'il la soulève de terre et l'emporte ainsi en forêt. Elle ne s'attendait pas à une telle audace de la part de Léon qui, jusqu'alors, s'était montré très réservé. Par ailleurs, cette ardeur soudaine de sa part ne lui avait pas déplu. Au contraire, blottie sur sa poitrine et entourée de ses bras musclés, elle avait ressenti une vague chaleureuse de tendresse, devinant que leurs deux cœurs palpitaient à l'unisson.

Maintenant, elle se trouvait assise près de lui sur le divan fripé. À travers le feuillage, elle distinguait les maisons du village, de l'autre côté de la rivière, et les montagnes vertes qui découpaient un ciel de fin de journée. Le soleil reflétait ses derniers rayons sur la rivière. Seuls le clapotis du courant et le chant lointain de quelques oiseaux interrompaient le silence de l'endroit. Elle attendit que Léon reprenne son souffle.

— Ici, Rénalda, c'est mon petit paradis. C'est l'endroit où je viens me réfugier quand je recherche la solitude, pour étudier, réfléchir, ou simplement me reposer. C'était autrefois un poste de garde-pêche où mon père venait faire de la surveillance. Par la suite, le poste a été abandonné par le ministère et papa l'a acheté à prix d'aubaine. Il s'est occupé de le réparer, de l'entretenir, de le peindre. Il m'amenait souvent ici pendant qu'il y travaillait. Maintenant, c'est un peu moi qui en ai pris possession. C'est comme mon petit chalet. Il y a un lit et une cuisinette à l'intérieur, et un fanal accroché au plafond. Parfois, je couche ici et je dors comme un ange.

— Parlant d'ange, je t'ai vu, tout à l'heure, prendre une petite boîte à la dérobée. J'espère que, dans tes plans, je ne suis pas destinée à ton lit et au sommeil de l'ange. Tu sais que ce n'est pas mon genre.

— Ton sens de l'observation n'est égalé que par ton imagination! Rénalda, tu sais bien que je te respecte et que mes sentiments à ton égard sont très profonds. Je t'ai amenée ici parce que c'est le refuge secret où depuis longtemps tu habites mes rêveries. Le petit colis en question que je te présente à l'instant n'est pas relié à l'ivresse d'une nuit, mais à l'amour de toute ma vie. En te le remettant, je prends mon courage à deux mains et je te dis que je t'aime et que j'ose espérer que tu partages mes sentiments.

Rénalda déballa le petit paquet, devinant maintenant ce qu'il renfermait, souleva le couvercle de la boîte bleue et en sortit un écrin contenant une bague magnifique. Elle l'examina soigneusement, la passa autour de son doigt et se retourna vers Léon, le visage illuminé d'un sourire radieux.

— Oui, Léon, je t'aime et de plus en plus. Je rêvais de ce moment. Si tu le veux, je serai à toi pour la vie!

Les deux amoureux tombèrent tout naturellement dans les bras l'un de l'autre et s'embrassèrent tendrement. Une brise légère agitait le feuillage et répandait un arôme exquis en provenance des rosiers sauvages. Le soleil venait de disparaître derrière les montagnes de Beaurivage pour faire place à un quartier de lune déjà visible, à la hauteur des grands pins.

Chapitre IX

La visite du député Lebœuf

LE CURÉ SAINTE-CROIX déambulait de long en large sur la galerie du presbytère, le nez enfoui dans son bréviaire. Peu à peu, ses pas devinrent plus lents et il déposa son livre sur le rebord d'une fenêtre. Des pensées temporelles envahissaient son esprit et embrouillaient ses méditations spirituelles. Il éprouvait de plus en plus de difficultés à se concentrer sur le texte religieux. Décidément, il fallait qu'il redescende sur terre pour régler un nouveau problème qu'il venait d'identifier dans la paroisse.

La veille, il recevait à son bureau le jeune maire et Rénalda, un couple magnifique qui ferait sûrement honneur au village. Ils lui avaient fait part de leurs fiançailles et de leur désir de se marier devant lui le mois suivant. Il s'était assuré, comme c'était son devoir de le faire, que les futurs mariés avaient l'intention ferme de pratiquer la religion catholique, de faire baptiser leurs enfants et de les élever selon les règles de la Sainte Église. Autrement, il n'aurait pas accepté de les marier.

D'ailleurs, il connaissait les deux familles et savait que les enfants avaient été bien élevés. Il est vrai qu'il les avait perdus de vue tous les deux pendant leurs années d'études. Cependant, il les revoyait à l'église le dimanche, de temps à autre, avec leurs parents. Leurs fréquentes absences étaient sans doute motivées, pensait-il. Ils voyageaient beaucoup. Il aurait bien aimé les entendre à confesse, surtout Rénalda, jolie dame vraiment intéressante. Malheureusement pour lui, depuis quelques années, les deux jeunes devaient sûrement se décharger la conscience ailleurs.

Là n'était pas le vrai problème. Au cours de l'entrevue, il avait suggéré aux futurs mariés de tenir leur réception à la salle paroissiale. Si la fabrique se portait bien, les revenus supplémentaires de la salle servaient à embellir l'église et à moderniser le presbytère. De plus, les ornements religieux se faisaient vieillots et quelques chasubles de prix rehausseraient la garde-robe liturgique en prévision de la visite prochaine de Monseigneur l'évêque. Or, les deux jeunes n'avaient rien voulu entendre, s'obstinant à préférer l'hôtel Champlain.

Même s'il s'en passait de belles à l'hôtel Champlain, le curé s'était toujours montré bon prince à l'égard de cet établissement. Il avait délibérément fermé l'oreille aux plaintes répétées des Dames de Sainte-Anne au sujet de prétendues débauches. Lors de la querelle historique relative aux droits de pêche sur la rivière, Eulalie Lachapelle lui avait écorché les oreilles de ses rumeurs d'orgies ayant prétendument lieu à l'hôtel, et de ses attaques personnelles contre l'aubergiste Roberval. Pourtant, elle était devenue étrangement silencieuse depuis que l'hôtelier l'avait sauvée des eaux. Par ailleurs, se disait le bon curé, toute cette malencontreuse affaire aurait bien pu tourner au pire et le mettre lui-même dans de beaux draps. Donc, mieux valait passer l'éponge sur cet épisode.

D'un autre côté, l'assassinat de cette mignonne petite Champagne par nul autre que le juge Latour était plus difficile à pardonner. Et tout ça s'était déroulé à l'hôtel, sous le toit du cher monsieur Roberval. Cependant, le curé reconnaissait que ce dernier se montrait toujours très généreux à l'égard de l'église et des activités paroissiales. Quand il venait à la messe – malheureusement, en raison de ses pressantes occupations il n'y assistait pas régulièrement –, l'on retrouvait toujours un billet de cinquante dollars dans le plateau de quête. Tout de même, les revenus de la salle paroissiale appartenaient à la fabrique, décida le brave curé.

Il approchait de la solution du problème. Était-il vraiment juste de permettre à Régis Roberval de faire concurrence à sa propre paroisse? N'était-il pas du devoir du curé de protéger une source vitale de revenu de la fabrique? Ne devait-il pas prendre les mesures nécessaires pour limiter le Champlain à sa mission d'auberge, c'est-à-dire loger et nourrir? Poser la question, c'était y répondre. Il faudrait en parler au député.

À l'autre extrémité du village, Régis s'activait à son commerce, veillait au confort de ses clients et songeait aux préparatifs de la réception Marquis-Latour. Il tenait à ce que cette fête soit parfaitement réussie. Après tout, il s'agissait de recevoir nul autre que le maire de la municipalité. Il avait toujours ressenti beaucoup d'amitié pour Léon, dès le premier été où il était venu le voir pour obtenir un emploi à l'hôtel. Si le jeune faisait un peu sérieux pour son âge, il avait un sens de l'humour plutôt surprenant. Il savait comment dérider les clients tout en transportant leurs valises et il touchait de généreux pourboires.

Quant à la belle Rénalda, n'était-elle pas la fille de son bon ami l'ancien juge? Ce dernier lui manquait beaucoup; même s'il était parfois un peu bizarre, il trouvait toujours le bon mot à la table à cartes. C'était donc pitoyable qu'il ait ainsi perdu les pédales dans la chambre de Friola. Le vieux fou ne s'était pas mêlé de ses affaires. Il avait toujours eu tendance à sermonner et à juger; un défaut du métier, probablement. C'était un bon cœur d'homme, fidèle à son épouse, généreux pour sa fille. Il aurait dû se contrôler.

À son retour des États-Unis, l'ancien maire Farthington s'était joint au groupe de joueurs. Gros Bob était plus gai, plus épanoui, plus effervescent qu'Alexandre et, dans ce sens, il devenait une heureuse addition à la table. Cependant, les habitués n'avaient pas oublié les bons mots et les remarques intrigantes de leur vieil ami, maintenant au cachot.

— Monsieur Roberval, interrompit Roméo, le député Lebœuf veut vous voir.

Secoué dans ses pensées, l'hôtelier se demanda ce que le député pouvait bien venir foutre dans la région. On n'était pas en temps d'élection!

— Bonjour, monsieur le député, très heureux de vous revoir chez nous. Quel bon vent vous amène?

— Salut! mon brave. J'étais justement dans les parages pour régler quelques contrats de voirie. J'ai pensé en profiter pour venir vous présenter mes hommages. Je me fais toujours un plaisir de rencontrer le plus d'électeurs possible, même si mes nombreuses occupations me retiennent à Québec. Passons donc à votre bureau. Vous n'auriez pas un petit martini à me faire servir? Le voyage me donne toujours soif. Je n'haïrais pas non plus de fumer un de vos excellents cigares. Un Havane de bonne qualité ferait bien l'affaire.

Hector Lebœuf, avocat de la ville de Québec, s'était fait élire et réélire député de Beaubassin grâce à la popularité du chef de son parti. Il menait des campagnes électorales tapageuses et orageuses, non inspirées des principes Lacordaire, puis s'en retournait chez lui le lendemain de l'élection. On le revoyait rarement dans le comté et personne ne posait de questions.

C'était un homme au profil rondelet dont le visage rougeaud, découpé d'une fine moustache, révélait les mœurs relâchées et le goût de la bonne table. Il suivit l'hôtelier dans son petit bureau derrière le comptoir et s'assit lourdement devant lui. Après avoir ingurgité son martini d'un trait, il alluma le cigare que lui offrit Roberval et enveloppa son interlocuteur d'un nuage de fumée.

— Excellent cigare, mon cher Roberval. J'apprécie toujours ton hospitalité quand je passe à Beaurivage. Je n'oublie pas non plus ta générosité envers le parti. Ça va bien dans l'hôtellerie?

— Oui, vraiment on n'a pas trop à se plaindre. C'est pas le Pérou, mais pour un petit village, on réussit à se défendre.

— Je présume que la taverne, le bar et le vin à la salle à dîner contribuent à la rentabilité du commerce?

— Évidemment, c'est essentiel à une entreprise touristique.

— Tu n'oublies pas, mon vieux Régis, que c'est grâce à une tolérance de notre gouvernement que tu as le privilège de vendre des boissons alcooliques.

Seules nos commissions des liqueurs vendent légalement. Les hôtels en province obtiennent des tolérances à condition que le bon décorum soit maintenu. Une des conditions fondamentales exige que la conduite de l'hôtellerie soit impeccable.

— Je sais tout ça, répondit l'hôtelier. Je veille personnellement à ce que les règles de bonne conduite soient observées chez nous. Je suis sur le qui-vive presque vingt-quatre heures par jour. Je vis dans mon hôtel, je mange ici, je dors ici. Je m'assure continuellement de la bonne tenue de mon établissement, de l'efficacité et de l'affabilité de mon personnel, ainsi que de la bonne conduite de la clientèle. Notre réputation est excellente, vous le savez bien.

— Oui, je suis toujours bien reçu ici. Le service est excellent et la cuisine superbe. Cependant, tu n'es pas sans savoir qu'il y a eu un meurtre dans ton hôtel. Je viens de recevoir une plainte locale, d'une source très sérieuse, disant qu'il y a du dévergondage et même de la débauche dans ton établissement.

— Ce n'est pas le cas. Je suis ici presque toujours. J'ai les yeux et les oreilles ouverts. Il n'y a pas d'orgies chez nous. Tout est sous contrôle. Qui a pu vous conter de telles balivernes?

— Je ne peux révéler le nom de l'auteur d'une plainte confidentielle. La source est irréprochable. J'ai bien l'impression que, si je transmets ce rapport au premier ministre, tu vas perdre ta licence, je veux dire la tolérance dont tu bénéficies.

— Ce serait la catastrophe! Vous savez bien qu'on ne peut survivre sans permis de boisson. Ce n'est pas un couvent ici, c'est un hôtel et un hôtel qui vit du tourisme.

— J'ai beaucoup de sympathie pour toi, mon cher Régis, mais je suis mal pris. J'ai reçu une plainte contre toi que je peux difficilement ignorer. J'ai une proposition à te faire. Fais-nous une contribution substantielle et je suis convaincu qu'elle pèsera lourdement dans la balance en ta faveur. Je ne promets rien, mais je m'engage à exercer mon influence pour te soutenir. Je suis ton député et c'est mon rôle de représenter tes intérêts.

— Vous me prenez de court. Si je perds ma licence, excusez-moi, ma tolérance, c'est la banqueroute! Quel genre de contribution avez-vous à l'esprit?

— Disons cinq mille dollars. Ça me permettrait de répandre du baume à quelques endroits.

L'hôtelier s'épongea le front et sortit son carnet de chèques.

— Bien non, mon cher Régis, il me faut de l'argent comptant. Va faire un saut à la banque et envoie donc ta petite serveuse m'apporter un autre martini pour me désennuyer en ton absence.

Régis Roberval eut grand peine à contenir une montée de rage qui approchait rapidement le point d'explosion. Cette vermine politique ruinait son bilan financier et, pis encore, l'humiliait profondément. L'hôtelier avait ses défauts, lui-même le savait bien. Il avait commis nombre de gaffes au cours de sa vie, il ne l'oubliait pas. Toutefois, il n'avait jamais abusé des gens. Il avait toujours respecté les autres. Il avait un tempérament bouillant et souvent de grandes difficultés à maîtriser ses réactions. Cependant, il ne s'était jamais servi de ses avantages, financiers ou physiques, pour tenter délibérément d'écraser les autres. Pourquoi accepterait-il que cette canaille abuse de lui.

L'hôtelier se dirigeait vers la banque. Soudain, il se ressaisit. Blanc de rage, il fit demi-tour, revint sur ses pas, retraversa le grand hall, retourna dans son bureau et, sans prononcer un traître mot, empoigna le député à la gorge et au ventre, le leva de terre, le transporta à travers la cuisine, ouvrit la porte extérieure d'un coup de pied et lança le représentant du peuple tête première dans les poubelles. Il revint à son bureau en se frottant les mains de satisfaction. Mission accomplie! Régis Roberval était redevenu l'homme le plus heureux au monde.

Malheureusement pour Roberval, le bonheur dans l'hôtellerie, ou même ailleurs sur cette planète, n'est pas perpétuel. Dans son cas particulier, il fut de peu de durée. Plus tard dans la journée, un contingent de policiers de la police provinciale du Québec fit irruption dans l'hôtel et somma Roméo d'aller chercher le propriétaire.

— Monsieur Régis Roberval, entonna le sergent Pinsonneault, j'ai en main un mandat de perquisition pour vérifier si vous avez des boissons alcooliques sur les lieux et un mandat d'arrestation contre vous pour vous être livré à des voies de fait sur Hector Lebœuf, le député provincial de Beaubassin.

L'hôtelier s'attendait à des tentatives de représailles de la part de Lebœuf, mais pas à une confrontation si rapide avec les autorités. Son tempérament impulsif le poussa à prendre l'offensive.

— Vous savez très bien que j'ai de la boisson sur les lieux, vous êtes vous-mêmes ici au bar tous les soirs! Vous n'êtes pas dans un monastère, mais dans un hôtel. Quant à notre cher député, je l'ai simplement mis à la porte parce qu'il voulait me faire chanter et que je ne me sentais pas en voix. Où est-ce qu'il se cache, votre Lebœuf? Allez me le chercher que je lui parle une deuxième fois, s'il n'a pas compris mon premier message!

— Monsieur Roberval, nous avons reçu deux plaintes formelles, une relativement à votre vente de spiritueux sans licence et l'autre, contre vous, pour voies de fait. Notre devoir est de vous arrêter.

— Un instant, les petits gars! Que l'un d'entre vous me touche, et c'est lui qui va aboutir au cachot, ou à l'hôpital si je perds vraiment patience. J'appelle mon avocat.

— Oui, vous avez le droit à un appel, confirma le sergent en se raclant la gorge pour se donner de l'autorité.

Roberval s'en retourna à son bureau et réussit à rejoindre Léon à son cabinet.

— Léon? C'est Régis Roberval, traverse vite à l'hôtel, la police veut m'arrêter.

— Monsieur Roberval, qu'est-ce qui vous arrive? Les gens du cirque Ringling Brothers de Sarasota ont mis la police à vos trousses?

— C'est pas le temps de faire des farces, viens rapidement, mon Léon, je t'expliquerai tout à ton arrivée.

Léon salua les constables en traversant le hall et s'empressa de rejoindre l'hôtelier dans son bureau. Régis lui raconta la visite du député et sa propre réaction à la demande de pot-de-vin.

Léon ne put retenir un éclat de rire en visualisant l'atterrissage spectaculaire du député dans les poubelles.

— Magnifique, monsieur Roberval! Bien des électeurs auraient applaudi votre geste. Tout de même,

votre cas est sérieux, surtout si Lebœuf a subi des
blessures ailleurs qu'à son orgueil. S'il ne retire pas
sa plainte, vous pouvez sûrement être trouvé coupable de voies de fait. La peine imposable peut être
proportionnelle aux blessures ou dommages causés
ou même, plus subjectivement, à l'affront infligé à la
victime. Quant à l'autre chef d'accusation, c'est beaucoup plus complexe. Dans un premier temps, il va
nous falloir déterminer vos droits à partir d'une soi-
disant «tolérance» et ensuite prouver l'ingérence du
député dans l'octroi ou l'annulation d'un permis. J'ai
bien l'impression que les autorités supérieures du
gouvernement ne priseront pas l'interférence du député reliée à une demande de pot-de-vin, si c'est bien
lui qui a porté plainte. Pour le moment, allons rencontrer les policiers dans le hall.

Le sergent Pinsonneault, grand gaillard sérieux,
s'avança devant Léon qu'il connaissait bien d'ailleurs.

— Bonjour, monsieur le maire. Vous représentez
monsieur Roberval?

— Oui, sergent, puis-je voir vos deux mandats?

Léon prit connaissance des documents émis par
le magistrat et suggéra de se rendre tous les deux à la
cour, accompagnés de l'accusé pour obtenir un cautionnement.

— Quant aux spiritueux, ajouta l'avocat, inutile
de perquisitionner, nous admettons qu'il y en a sur les
lieux, comme dans tous les hôtels de la province.
Régis Roberval a un droit à faire valoir et ce droit ne
peut être frustré par l'intervention d'un député.

— Très bien, Me Marquis, rendons-nous au palais de justice.

Le juge Lamarche venait de rendre jugement
dans une affaire criminelle quand Léon et le sergent

arrivèrent dans la salle d'audience. Le juge accepta de les recevoir dans son cabinet. Quand les deux visiteurs lui eurent expliqué la situation, le juge demanda si le député était encore à Beaurivage.

— Relativement à la plainte déposée par le député Lebœuf, j'aimerais obtenir sa réaction à votre requête pour cautionnement.

— Monsieur le juge, répondit le sergent, le député a quitté Beaurivage pour s'en retourner à Québec immédiatement après avoir déposé sa plainte. Étant lui-même avocat, j'imagine qu'il ne s'attendait pas à ce que la cause soit entendue aujourd'hui. D'ailleurs, il était furieux, avait de la difficulté à marcher et s'est montré très peu jasant.

— Est-ce que la Couronne a l'intention de s'opposer à un cautionnement?

— Je n'ai pas d'instructions à cet effet, répondit le sergent. Je suis personnellement convaincu que monsieur Roberval ne quittera pas le pays à cause de cette affaire. Sa caution personnelle suffira.

Une fois la formalité remplie, Léon amena l'hôtelier à son étude pour discuter de stratégie.

— Monsieur Roberval, je suis en train de mijoter une solution qui pourrait régler vos deux problèmes d'un seul coup.

— Mon Léon, si tu peux me faire un petit tour de magie, je vais t'applaudir à tour de bras, à condition que ton truc réussisse.

— Voici, je ne peux évidemment rien garantir, mais si la tactique ne marche pas, nous pourrons toujours nous défendre en cour. Après tout, c'est mon rôle de plaider devant les tribunaux. Je dois cependant vous prévenir que je pourrai difficilement vous faire innocenter de l'accusation de voies de fait.

— Alors, comment s'y prendre?

— Il faut faire retirer l'accusation, répondit Léon.

— Le député me tient à la gorge, il ne voudra pas lâcher prise!

— Pas si vite! Nous détenons le levier nécessaire pour lui desserrer les griffes. Qu'est-ce que vous diriez d'un petit voyage à Québec?

— Le changement d'air me ferait grand bien.

Léon signala à sa secrétaire de lui fixer deux rendez-vous pour le lendemain à Québec, le premier avec le gérant général de la Commission des liqueurs, le suivant, avec le député Lebœuf. La secrétaire de ce dernier, non encore revenu de son voyage dans le comté, lui assura immédiatement un rendez-vous pour la fin de l'après-midi. Elle savait d'expérience que son député ne pouvait se permettre de tarder à recevoir le maire de Beaurivage, le chef-lieu du comté. Pour sa part, la réceptionniste de la Commission voulait en savoir plus long.

— Puis-je m'informer du but de la visite de monsieur le maire?

— Un instant, je vous passe monsieur Marquis.

— Me Marquis, dit la réceptionniste, je vous prie de m'excuser, mais le gérant général est très occupé et je ne peux fixer de rendez-vous sans l'autorisation de son adjoint exécutif.

— Alors, passez-moi donc l'adjoint, je vais lui parler directement.

— Bonjour, monsieur le maire, ici Roger Latraverse, adjoint de monsieur le gérant général. Est-ce que je peux vous aider?

— Oui. Il est très important que je rencontre le gérant général. Il s'agit d'un permis de vente de spiritueux et d'un mandat de perquisition que veut exécuter la police provinciale dans un hôtel de Beaurivage. Je serai à Québec demain après-midi.

— Venez donc me voir à deux heures. Il s'agit sans doute de l'hôtel Champlain. Je suis au courant de l'affaire. S'il le faut, nous communiquerons avec le gérant général. Cependant, il s'occupe surtout de l'administration de la Commission et non des détails d'infraction.

Le lendemain, en cours de route, les deux hommes discutèrent à fond des problèmes qui les attendaient. Léon s'attarda surtout à conseiller à son client de demeurer calme et de ne lancer personne par les fenêtres; les bureaux pouvant être situés très haut dans les étages et les conséquences risquant d'être plutôt ennuyeuses...

La réceptionniste, au rez-de-chaussée, fit monter les deux Beaurivageois au dixième de l'édifice provincial où les attendait l'adjoint. Roger Latraverse était avenant, rodé en relations publiques et soucieux de présenter une image sympathique de la Commission. Il reçut les deux hommes avec beaucoup d'affabilité et les fit asseoir confortablement dans son bureau, dont la fenêtre offrait une vue spectaculaire sur le parlement provincial et sur la porte Saint-Louis, le fleuve en fond de décor.

— Soyez les bienvenus, messieurs. J'espère que vous avez fait un bon voyage et que vous vous plaisez dans la vieille capitale. Je sais que le but de notre rencontre est relié à la descente de la police provinciale à votre hôtel, monsieur Roberval.

Le jeune maire jeta un regard lourd d'avertissement à son compagnon et s'empressa d'entrer lui-même dans le vif du sujet.

— Oui, monsieur Latraverse, la police est arrivée avec un mandat de perquisition pour vérifier s'il y avait des spiritueux sur les lieux. Tout le monde sait, même les policiers, que les hôtels servent des boissons alcooliques. Alors, pourquoi cette perquisition au nom de la Commission des liqueurs?

— Vous n'êtes pas sans savoir, Me Marquis, que l'hôtel Champlain n'a jamais détenu de permis de la Commission. C'est purement par tolérance que l'hôtel vend des spiritueux.

— Alors, reprit Léon, quel motif particulier a poussé la Commission à révoquer la tolérance.

— Nous avons reçu une plainte.

— De la part de qui, voulut savoir Léon.

— Les plaintes sont confidentielles.

— Monsieur Latraverse, êtes-vous en train de m'apprendre que vous allez ruiner le commerce de cet homme sans même lui donner la possibilité de connaître ses accusateurs?

— Me Marquis, notre devoir est de recevoir les plaintes du public, de les considérer avec pondération et d'agir.

— Est-ce que votre décision d'envoyer la police au Champlain ne fait pas suite à un rapport du député Lebœuf?

— Nous ne pouvons révéler nos sources d'information, répondit l'adjoint.

— Un instant, mon cher adjoint, nous ne sommes pas ici dans une république de bananes. Nous sommes encore au Canada, que je sache. N'êtes-vous pas au courant de la décision récente de la Cour suprême dans l'affaire Roncarelli, stipulant que le premier ministre de cette province, qui est également procureur général, a abusé de ses pouvoirs en s'arrogeant un droit, que lui nie virtuellement la Loi sur les liqueurs alcooliques, pour annuler le permis de boisson d'un restaurateur de Montréal?

— Cette décision ne s'applique pas en l'espèce. L'hôtel Champlain ne détient pas de permis et le premier ministre ne s'en est pas mêlé.

— D'accord. Dans un premier temps, il faudra définir devant les tribunaux ce qu'est une «tolérance». Mais la situation est encore plus honteuse dans notre cas. Dans l'affaire Roncarelli, c'était pour mettre fin à l'aide financière que le restaurateur fournissait aux témoins de Jéhovah. Dans l'affaire Champlain, c'est un député qui veut se venger d'un hôtelier qui refuse de lui verser un pot-de-vin de cinq mille dollars.

— Qu'est-ce que vous me dites, s'exclama l'adjoint. Pouvez-vous prouver ce que vous avancez?

— Interrogez l'hôtelier qui est assis devant vous. Il brûle du désir de vous renseigner.

Roberval ne se fit pas prier pour raconter toute l'histoire de sa voix de stentor, martelée de coups de poing sur le bureau de l'adjoint. Ce dernier blêmissait à vue d'œil et cherchait déjà les paroles douces, susceptibles de calmer ce géant en furie.

— Monsieur Roberval, je vous remercie d'être venu. Ce n'est pas du tout la version que nous a fournie le député. Il a même attribué la plainte contre votre hôtel à une personne très influente de votre village. Voulez-vous, s'il vous plaît, me laisser cette affaire entre les mains. Je vais mener ma propre petite enquête et porter mes constatations à l'attention du gérant général. Je vous en prie, ne quittez pas la ville avant de communiquer de nouveau avec moi.

— Nous rencontrons le député Lebœuf en fin d'après-midi et nous espérons qu'il aura des nouvelles intéressantes à nous communiquer, déclara Léon en se levant. Roberval, qui n'avait pas arrêté de crier et de gesticuler, se leva à son tour.

Les deux hommes n'étaient pas arrivés à l'ascenseur que déjà Latraverse rejoignait au téléphone le curé de Beaurivage.

— Bonjour, monsieur le curé Sainte-Croix. Ici Roger Latraverse, l'adjoint du gérant général de la Commission des liqueurs. J'ai quelques renseignements à obtenir de vous, si vous le voulez bien. Il s'agit de l'hôtel Champlain, de Beaurivage. Apparemment, vous avez formulé une plainte contre ce commerce.

— Bien, pas exactement, voici. Notre fabrique a besoin de fonds et nous tentons de les obtenir en acceptant des réceptions à la salle paroissiale. Comme vous le savez, malgré toutes les réticences morales et la circonspection religieuse que nous nous devons d'appliquer à ce genre de festivités, la vie mondaine d'aujourd'hui a tout de même ses exigences qu'il faut respecter. L'hôtel Champlain est une hôtellerie moderne, récemment rénovée, qui sert des spiritueux. Notre humble salle paroissiale peut difficilement lui faire concurrence. Alors, nous avons pensé que, si le Champlain limitait ses activités aux chambres et à la salle à dîner, nous pourrions, avec permis spécial, servir des boissons alcooliques à notre salle et attirer plus de gens.

— Avez-vous dit au député Lebœuf qu'il y avait du désordre et même de la débauche à cet hôtel?

— Vous savez sans doute qu'il y a eu un meurtre dans l'hôtel il n'y a pas très longtemps.

— Cette cause célèbre a eu des échos, même à Québec. Pour autant que je sache, le responsable du crime a plaidé coupable et personne n'a blâmé l'hôtelier.

— C'est bien le cas, mais vous savez que ces mauvaises odeurs prennent du temps à se dégager.

— Avez-vous des renseignements précis quant aux supposés scandales ou bambochades ou autres formes d'inconduites au Champlain?

— Pas moi personnellement. Je vais rarement à l'hôtel, et seulement pour manger. Une excellente table, je me dois de préciser, et l'hôtelier est très hospitalier et généreux à l'égard de son pauvre curé. Par contre, il y a quelques années la présidente des Dames de Sainte-Anne se plaignait de soûleries et de dévergondage à l'hôtel.

— Est-ce que ces dames se rendaient souvent sur les lieux?

— Pardon? À ma connaissance, elles n'y mettaient jamais les pieds.

— Merci, monsieur le curé et bonne journée!

— Que Dieu vous bénisse, mon cher monsieur.

L'adjoint se secoua la tête, poussa un profond soupir et donna un coup de fil au député Lebœuf.

— Bonjour, monsieur le député. C'est moi, Roger Latraverse, l'adjoint du gérant général de la Commission, qui ai reçu votre appel téléphonique avant-hier à partir de Beaurivage, relativement à l'hôtel Champlain.

— Ah oui! mon vieux Latraverse. Vous avez été très efficace. J'ai su que la police provinciale était déjà sur les lieux avant la fin de la journée. Du bon travail, mon gars! J'aime ça traiter avec des fonctionnaires qui fonctionnent. On a trop de ronds-de-cuir qui ronflent dans leurs fauteuils.

— J'ai de mauvaises nouvelles pour vous, mon cher député. Le maire de Beaurivage est en ville avec son client Régis Roberval, le propriétaire de l'hôtel. Ce dernier a déclaré que vous avez tenté de lui extorquer un pot-de-vin de cinq mille dollars et que votre plainte à son sujet est une revanche. Le jeune maire Marquis le représente à titre d'avocat. Il me semble tout fin prêt à intenter des poursuites devant les tribunaux. Il m'a cité l'affaire Roncarelli que vous connaissez sans doute, étant vous-même avocat. De plus, je viens de parler au curé Sainte-Croix. Sa plainte contre l'hôtel est très fragile. En réalité, elle ne repose sur rien de concret. J'ai bien l'impression que si l'affaire chauffe un peu, votre bon curé va tout simplement vous laisser tomber.

— Un instant, mon petit. Modère un peu dans les courbes. Cette brute d'hôtelier m'a tout simplement lancé aux vidanges. J'en ai encore des bleus un peu partout. Quant à la conversation confidentielle entre nous deux, il n'y avait pas de témoins. Ma parole est aussi bonne que la sienne.

— C'est sûrement à vous de décider de la conduite à suivre. Je veux simplement vous tenir au courant de la situation avant que ces deux messieurs vous arrivent en fin d'après-midi. Pour ma part, je me dois de faire rapport au gérant général. Celui-ci voudra probablement alerter le premier ministre pour tenter de prévenir un autre désastre.

— Un petit moment, mon cher adjoint, ralentissez un peu. Donnez-moi le temps de souffler, j'ai peine à vous suivre. C'est vrai que j'ai été un peu impatient avec l'hôtelier. Qu'est-ce que vous me conseillez de faire?

— Bien sûr, c'est votre décision. À votre place, moi j'essaierais de faire la paix. Je retirerais la plainte et l'accusation de voies de fait. Je serais plutôt gentil à l'endroit de ces deux messieurs. Comme l'on dit couramment, je prendrais ma pilule, s'il n'est pas déjà trop tard pour le faire.

— Monsieur Latraverse, si cet incident parvient aux oreilles du premier ministre, je suis flambé. S'il vous plaît, retenez votre enquête jusqu'à ce que je vous rappelle.

Pendant ce temps, les deux Beaurivageois s'étaient rendus au Château Frontenac et, installés au petit café de la terrasse Dufferin, faisaient le point. Le moral de Roberval montait en flèche. Il faut ajouter que sa violente péroraison à l'adresse de l'adjoint avait eu le don de le défouler. La soupape de sûreté avait dégagé la pression et le puissant moteur avait repris son souffle régulier. L'épanouissement de l'hôtelier se manifesta par une vigoureuse claque dans le dos de Léon qui faillit tomber de sa chaise.

— Mon Léon, ça marche beaucoup mieux nos affaires! J'ai l'impression que Latraverse va serrer les ouïes de notre cher député. J'ai pas trop compris ton affaire Roncarelli mais j'ai senti que ta flèche avait pénétré au cœur de la cible. Reste à savoir si Lebœuf va décider de sauver sa fierté ou son siège à la Législature.

— C'est ce que l'on va savoir dans quelques instants. Allons-y, il ne faut pas faire attendre le représentant du peuple.

Le député de Beaubassin reçut ses deux électeurs avec la courtoisie et le sourire qu'il réservait habituellement aux grandes occasions; c'était comme si le ministre des Travaux publics et le ministre de la Voirie étaient entrés tous les deux en même temps dans son bureau.

— Bienvenue à Québec, mes chers amis. Vous avez fait un excellent voyage, j'espère. Venez prendre fauteuil. Vous accepteriez un cigare? un petit martini, peut-être?

Les deux visiteurs le remercièrent de ses politesses et voulurent en venir directement à l'objet de leur rendez-vous. Léon prit la parole.

— Monsieur le député, pour éviter tout malentendu entre nous, je dois vous aviser que je ne suis pas ici à titre de maire de Beaurivage, mais comme procureur de monsieur Roberval. Je le représente relativement à l'accusation de voies de fait déposée par vous contre lui. Je le représente également au sujet du mandat de perquisition émis au nom de la Commission des liqueurs à la suite d'une plainte contre l'hôtel Champlain.

— Pour ma part, s'empressa de répondre le député, je veux que vous vous sentiez chez vous dans mon cabinet. Quel que soit le but de votre visite, je tiens à vous offrir l'accueil bienveillant que j'accorde à tous mes commettants, que ce soit à Beaurivage ou ici à mon bureau. Je comprends parfaitement bien, mon cher Léon, que vous puissiez être maire et procureur. Moi-même, je suis député et avocat. Il faut bien gagner sa vie, n'est-ce pas?

— Alors, procédons par étapes, dit Léon. Je veux d'abord savoir si vous avez sérieusement l'intention de poursuivre votre plainte personnelle contre mon client.

— Mais non, mon cher confrère, il n'en est pas du tout question! Tout comme mon bon ami Régis

s'est emporté contre moi et m'a indiqué vigoureusement la route des poubelles, moi aussi j'ai perdu les
pédales. Il faut dire que j'ai encore des bosses et des
bleus sur le corps, mais ça finira par disparaître. Je
téléphonerai au palais de justice de Beaurivage pour
retirer ma plainte. Redevenons de bons amis.

L'hôtelier poussa un profond soupir de soulagement. Il s'apprêtait à exprimer toute sa reconnaissance au député quand, d'un imperceptible froncement
de sourcil, son procureur le réduisit au silence. Léon
reprit rapidement le fil de la conversation.

— Excellent, mon cher député. Maintenant, passons au deuxième sujet, le plus épineux peut-être. Ce
mandat de perquisition n'est évidemment qu'un premier pas vers l'annulation du permis de boisson, de la
«tolérance» si vous le voulez, de mon client. Une telle
décision de la Commission s'avérerait un désastre
financier pour monsieur Roberval et, à toutes fins
utiles, entraînerait la fermeture de l'hôtel Champlain.
Vous savez bien, monsieur Lebœuf, et encore mieux
que moi, qu'un hôtel sec est un hôtel vide. Et si je
peux me permettre de porter mon chapeau de maire
pour un instant, Beaurivage a besoin d'une hôtellerie
de la qualité de l'hôtel Champlain. Je devine que vous
avez déjà appris que nous venons de rencontrer
l'adjoint du gérant général de la Commission. Il fait
présentement enquête au sujet de la plainte contre
l'hôtel et je suis convaincu qu'il apprendra que l'hôtel
est bien tenu et que la plainte est farfelue. Au point de
vue légal...

— Me Marquis, interrompit le député, je connais
très bien la décision récente de la Cour suprême du
Canada. Je sais que le gérant général de la Commission doit exercer lui-même sa propre discrétion

relativement à l'émission ou à l'annulation d'un permis, sans interférence de la part du gouvernement. Quant à la nature et à la valeur légale d'une «tolérance», il n'y a pas encore de jurisprudence en la matière et je n'ai aucun intérêt personnel à en créer. Voici ce que je vous propose, entre amis, entre un député et ses électeurs. J'ai déjà passé l'éponge sur mes bosses, mes bleus, mon orgueil et vos poubelles. En retour, mon cher Régis, auriez-vous la générosité d'oublier notre petite conversation dans votre bureau? J'étais un peu éméché et j'ai trop radoté...

Cette fois-ci, Léon n'eut pas le temps de retenir son client qui était déjà debout et pompait la main de son député. Ce dernier se jeta dans les bras de Roberval et reçut l'accolade avec son plus tendre sourire, même si la puissante étreinte du géant l'écrasait et réveillait toutes les contusions de son corps endolori.

Chapitre X

Léon et Rénalda s'inquiètent

LA nouvelle sténographe officielle au palais de justice de Beaurivage, Huguette Deschamps, était une jolie petite blonde aux yeux bleus, vive, souriante et à la démarche voluptueuse. Au cours des procès, les spectateurs, dans la salle d'audience, tournaient instinctivement leurs yeux vers elle plutôt que vers le juge perché plus haut sur le banc. Les membres du jury prêtaient difficilement l'oreille aux arguments légalistes des procureurs. Même Sa Seigneurie le juge Lamarche se penchait souvent vers elle, sans doute pour s'assurer qu'elle était toujours au poste.

Léon non plus n'était pas insensible aux charmes de la petite sténo. Il devait faire un effort spécial pour rassembler ses idées quand elle levait la tête et lui adressait un sourire éblouissant. Il la connaissait assez bien puisqu'elle était la fille du pharmacien Deschamps, de qui il louait son bureau. Elle avait terminé récemment ses études et trouvé un emploi à la cour. Léon l'avait aperçue à quelques reprises à l'entrée de la pharmacie et avait échangé des plaisanteries avec elle. Il l'avait aussi rencontrée à la cafétéria du palais et avait dégusté un café en sa compagnie.

Le lendemain de son retour de Québec, Léon défendait un client accusé de conduite dangereuse. Pendant l'ajournement de midi, il se rendit à la cafétéria
pour prendre une bouchée. Huguette l'attendait à la
porte et tous deux allèrent s'asseoir à la même table
avec leurs cabarets.

— Léon, j'aime beaucoup t'entendre plaider. Dom-
mage que tu sois également maire, j'aurais le plaisir
de te voir plus souvent à la cour.

— Sois assurée, Huguette, que je ne peux pas
me permettre de refuser des causes. Je m'organise
pour agencer mes deux fonctions. Quand il y a conflit
de dates, je demande un ajournement. Toi-même, tu
te plais à ton travail?

— J'ai éprouvé un peu de difficulté au début à
m'acclimater à l'atmosphère d'un tribunal. C'est plus
énervant que de pratiquer la sténographie en classe.
Par contre, c'est tellement plus intéressant, surtout
les procès, l'interrogatoire et le contre-interrogatoire
des témoins, les objections des procureurs et les déci-
sions du juge. C'est toi que j'aime le plus entendre; tu
es tellement éloquent et élégant dans ta toge!

— Huguette, quand on parle d'élégance, on pense
surtout à la jolie petite sténo qui fait loucher tout le
monde. Ta seule présence illumine la cour! Ton sourire en fait bredouiller plusieurs, y compris ton humble serviteur!

— Tu me fais rougir, Léon, mais rougir de plaisir.
J'aimerais visiter ton cabinet en haut de notre pharmacie. Quand je te vois y monter, j'essaie de deviner
comment ton bureau est meublé, ta salle d'attente
décorée. Ça me rend très curieuse. Je sais que tu as
une secrétaire, mais si tu as un surcroît de travail, je

serais heureuse de te donner un coup de main, après mes heures régulières.

Cette dernière remarque eut le don de prendre Léon par surprise, à tel point qu'il ne savait pas trop quoi répondre. Surtout qu'Huguette s'était approchée de lui et que son visage touchait presque le sien, dégageant un parfum troublant. L'arrivée soudaine de son collègue, le procureur de la Couronne, Réjean Beauparlant, le tira de son embarras.

— Vous permettez que je me joigne à vous? Merci bien. Tu es donc béni, mon Léon, fiancé à la plus belle infirmière de l'hôpital et cassant la croûte avec la plus jolie sténographe de Beaurivage. Je t'envie bien gros. Tout de même, tu as tout un moineau à défendre aujourd'hui; c'est loin d'être garanti que tu vas être chanceux partout.

— Écoute, mon vieux Réjean, je défends mon moineau le mieux que je peux. La justice suivra son cours. Toi-même, si tu marches sur les traces de ton prédécesseur à la Couronne, tu deviendras juge un jour. Pas bête votre affaire, Votre future Seigneurie!

— Je suis loin d'être au stade des félicitations. On s'en reparlera dans quelques années. Pour le moment, remontons nous débattre devant la vraie Seigneurie, celle en place. À tantôt!

En fin de journée, le juge Lamarche prit la cause en délibéré, puis Léon retourna à son cabinet pour s'attaquer aux affaires les plus urgentes qui l'attendaient. Sa secrétaire était déjà partie; tous les bureaux situés au-dessus de la pharmacie étaient silencieux. Léon voulut profiter de cette période calme pour se plonger dans ses dossiers. Tout à coup, il entendit un léger frappement et vit la porte s'entrouvrir pour révéler un joli minois.

— Toc, toc, toc, c'est moi, Léon, qui viens t'offrir un coup de main!

Léon demeura abasourdi en voyant Huguette refermer la porte derrière elle et s'avancer vers lui, d'un air à la fois gamin et déterminé. Il alla à sa rencontre.

— Tu es bien gentille, Huguette, mais ce n'est pas nécessaire. Je veux simplement étudier mes dossiers. Je n'ai vraiment rien à dicter pour le moment...

Léon avait à peine terminé sa phrase qu'Huguette était tout près de lui. Elle lui posa délicatement un doigt sur les lèvres, l'embrassa tendrement sur la joue et lui souffla à l'oreille.

— Mon cher Léon, je sais bien que tu es fiancé, mais tu n'es pas encore marié. Moi, je t'aime d'un amour fou et je veux profiter de ta dernière période de liberté pour m'offrir à toi, peut-être même te faire changer d'idée. Je sais que les hommes me désirent, je le vois dans leurs yeux. Toi aussi tu poses souvent un œil sur moi. Regarde-moi de plus près, prends-moi dans tes bras, serre-moi sur ton cœur. Jamais plus tu ne voudras te séparer de moi!

Huguette était déjà blottie contre Léon, les bras enlacés autour de son cou et les lèvres collées sur les siennes. Léon était à la fois désemparé et surexcité par cette offrande imprévue d'un corps féminin infiniment désirable. Déchiré entre deux puissantes émotions, d'un côté la passion charnelle stimulée, de l'autre la fidélité à son amour profond pour Rénalda, Léon n'offrait aucune résistance. Huguette, interprétant son hésitation comme un signe de consentement, donna libre cours à sa sensualité débridée. Finalement, Léon se ressaisit et réussit à se dégager de l'enlacement voluptueux.

— Huguette, il ne faut pas. Tu es une femme suprêmement séduisante, et je dois faire appel à tout mon courage pour ne pas faire l'amour avec toi. Mais, tu le sais bien, j'aime Rénalda de tout mon cœur, nous sommes fiancés, nous devons bientôt nous marier. Je t'en supplie, ne sois pas offensée. J'ai beaucoup d'estime et d'amitié pour toi. Je suis sûr que tu ne tarderas pas à rencontrer l'homme de ta vie.

Incrédule et décontenancée, Huguette recula de quelques pas pour faire éclater son indignation.

— Léon Marquis, ce n'est pas dans mes habitudes de me faire rejeter. Je n'aime pas ça. Pour qui te prends-tu, espèce de petit garde-pêche pas encore déniaisé? Tu vas regretter ton insignifiance!

Et elle partit en claquant la porte du bureau avec une telle force que le diplôme encadré du jeune procureur se décrocha du mur, la vitre se fracassant en mille éclats sur le plancher. La jeune femme se rendit directement chez elle pour calmer sa rage auprès de sa meilleure confidente, sa maman. Elle lui raconta l'aventure, du moins sa version des événements. Léon l'avait invitée à son cabinet sous prétexte de lui donner des dictées, lui avait fait des avances plutôt osées et, pour finir, l'avait flanquée à la porte sans plus de cérémonie.

— Pour qui se prend-il ce petit Marquis? lança madame Albertine Deschamps, reprenant presque textuellement les mots de sa fille. Ç'a été élevé dans une cabine de garde-pêche, puis ça se permet de lever le nez sur nos braves filles ou encore tenter de leur lever la jupe!

Madame Albertine était considérée comme une parvenue dans le village. Élevée dans un quartier pauvre, appelé le Bidon, elle s'était servie de ses charmes, assez considérables d'ailleurs, pour attirer l'attention du jeune Hubert Deschamps, alors étudiant en pharmacie. Ce dernier, garçon sérieux et naïf, avait mordu à l'appât. Une fois le mariage célébré et consommé, Albertine ne tarda pas à mettre la main sur les affaires sociales, laissant à son époux pleine liberté dans le royaume des prescriptions, des remèdes et des pilules. Elle prit toujours grand soin de son apparence pour mieux gravir les échelons de la bourgeoisie de Beaurivage. Elle en était maintenant l'une des grandes dames, prenant place de plein droit aux premiers bancs de l'église, à la messe du dimanche, et honorant de sa présence les événements les plus importants.

Madame Deschamps regardait de très haut les gens du Bidon, y compris les anciens résidents, tels que Rodolphe Marquis et son épouse Sophie Lafleur, qui ne faisaient pas partie du beau monde de Beaurivage. Elle avait partagé les mêmes bancs d'école qu'eux et, évidemment, connaissait à fond leurs humbles origines ainsi que leurs petites histoires.

Que ce parvenu, fils du garde-pêche et de Sophie Lafleur, ait la prétention de s'associer à notre belle Huguette, cela dépasse les bornes de la vanité, pensa madame Deschamps. Qu'en plus il essaie de la harceler, pour enfin la repousser, cela n'est tout simplement pas acceptable. Je vais personnellement y voir et pas plus tard que tout de suite, décida la dame offensée.

Le lendemain, le curé de Beaurivage recevait une lettre anonyme dactylographiée, ainsi rédigée.

Cher monsieur le curé,

Je crois que c'est mon devoir de vous fournir les renseignements suivants relatifs au mariage de Léon

Marquis et de Rénalda Latour, parce que ces renseigne-ments constituent un empêchement dirimant à leur ma-riage.

Ces deux personnes ne peuvent se marier, vu qu'elles sont frère et sœur. Les deux futurs mariés ne le savent pas, néanmoins deux de leurs parents ne l'igno-rent pas.

Faites votre devoir avant qu'il ne soit trop tard.

Une personne concernée.

Le bon curé lut la lettre, la laissa tomber sur le parquet comme si elle lui avait brûlé les doigts, la reprit et la relut deux autres fois. Il devint tout per-plexe. «Qui avait bien pu écrire une telle missive? Comment Léon et Rénalda pouvaient-ils être frère et soeur? Pourquoi seulement deux des parents étaient-ils au courant? Si c'était une pure invention, qui pou-vait être assez méchant pour créer une telle fausseté? Beaucoup de questions, peu de réponses... Comment résoudre ce problème? Je pourrais peut-être commu-niquer avec Monseigneur l'évêque? Il vient ici pour les confirmations assez prochainement, mais ce sera après le mariage, donc trop tard. À propos, je n'aurai pas de chasuble neuve pour ces deux occasions; il semble bien que le député n'a pas encore réglé la question du permis de spiritueux au Champlain. Ces chers députés, ça promet mer et monde pour se faire élire, puis ça oublie leurs électeurs, même leurs curés!

«Je m'écarte du sujet, se dit le curé. Est-ce que Monseigneur s'intéresserait à ce petit incident de pa-roisse? J'imagine qu'il me renverrait me promener avec instruction de régler moi-même mes affaires. Alors, à qui m'adresser? Aux autorités civiles? Pas facile, attendu que le maire lui-même est le premier intéressé. Aux autorités judiciaires? Le juge me demanderait de déposer une accusation. Je pense que le plus simple est de faire venir les deux fiancés et de leur montrer la lettre.»

L'abbé Sainte-Croix réussit à rejoindre Léon à son bureau de l'hôtel de ville et lui demanda de venir au presbytère avec sa fiancée le plus rapidement possible. À la question de Léon, le curé répondit simplement qu'il s'agissait d'une lettre anonyme.

Les deux fiancés arrivèrent en début de soirée, intrigués et curieux d'en savoir plus long. Le curé les fit passer au petit bureau où il classait ses fiches et émettait les certificats de baptême, reçus de charité et autres documents réclamés par ses paroissiens. Manifestement, il ne se sentait pas du tout à l'aise, ne sachant pas trop comment aborder le sujet. Après s'être frotté les mains à quelques reprises, il remit la lettre à Léon.

— Mes chers enfants, je ne sais pas trop quoi vous dire. J'ai reçu cette lettre anonyme aujourd'hui et je crois que c'est mon devoir de vous la montrer. La voici.

Léon et Rénalda étaient assis tout près l'un de l'autre, de sorte qu'ils purent lire la lettre en même temps. Rénalda fut la première à s'écrier :

— Mon Dieu! qui a bien pu écrire de pareilles sottises? Comment pouvons-nous être frère et sœur? Nous venons de deux familles différentes, sans aucun lien de parenté.

— Je présume, déclara Léon, que la «personne concernée» veut insinuer qu'un de nos deux pères a eu une liaison avec une de nos mères. Cette lettre me paraît très bizarre. D'abord, nos parents ne sont pas du tout de ce genre-là. Ensuite, ils se rencontrent très rarement. La personne qui a écrit cette lettre veut nous faire du mal, ça me paraît évident.

— Vous me semblez avoir parfaitement raison, mon cher Léon, ajouta le curé. Je connais bien vos parents à tous les deux. Ce sont des personnes responsables, d'excellents catholiques.

— Je peux difficilement concevoir un scénario où l'un de nous deux serait un enfant illégitime, reprit Léon. Mais si tel est le cas, moi j'ai maintenant vingt-sept ans et Rénalda vingt-deux, c'est donc à l'une de ces deux époques qu'il nous faut remonter.

— Léon, interrompit Rénalda, j'accepte difficilement que tu puisses envisager une telle situation! Cette lettre est une farce pas drôle du tout. Nos parents sont et étaient, j'en suis convaincue, des personnes sérieuses.

— Je suis tout à fait d'accord, répondit Léon, mais il va falloir tirer l'affaire au clair. Il y a deux questions à vider et sur deux fronts différents. Premièrement, qui a écrit cette lettre anonyme? Deuxièmement, est-ce que nos parents, ou plutôt deux d'entre eux, se sont rapprochés suffisamment pour donner prise à de tels soupçons? Monsieur le curé, voulez-vous me passer la lettre et je vais la remettre aux autorités. Pendant ce temps, Rénalda et moi allons jaser avec nos parents.

— Mes chers enfants, reprit le curé, cette démarche me bouleverse profondément. Il y a sûrement quelqu'un qui vous en veut pour semer un tel doute dans nos esprits, surtout à quelques jours de votre mariage. Voici la lettre, Léon, je vais prier pour vous deux, plus précisément au cours de la messe basse de demain matin.

Au sortir du presbytère, Rénalda s'empara du bras de Léon et appuya sa tête contre son épaule. Elle marcha silencieusement à ses côtés. Une fois assise près de lui dans la voiture, elle se mit à lui parler tout bas, lentement, avec une douceur qui montait directement du fond de son cœur.

— Léon, je ne peux pas croire que nous sommes frère et sœur. Je ne peux pas l'accepter. Mon esprit essaie de mesurer les conséquences d'une telle découverte, si elle est fondée. La tête veut me fendre...

— Ne t'inquiète pas inutilement, ma chérie. Mon instinct me dit que tu n'es pas ma petite sœur. D'ailleurs, tu ne me ressembles pas du tout. Tu es tellement plus jolie que moi. Déposons la lettre au poste de police, puis allons rencontrer nos parents. Où commencer?

— Bien, au départ nous savons que je suis la fille de ma mère et que toi tu es le fils de la tienne.

— Donc, reprit Léon, il s'agit de savoir lequel de nos deux paternels aurait sauté par-dessus la clôture!

— Léon, ce n'est pas le moment de faire des blagues. Allons voir ton père d'abord, il est plus disponible que le mien.

Rendus au poste de police, Rénalda demeura dans la voiture et Léon descendit voir le sergent Pinsonneault à son bureau. Celui-ci se leva pour lui tendre la main.

— Bonjour, monsieur le maire. Ravi de vous revoir. Laissez-moi vous dire que je suis très heureux du dénouement de l'affaire Roberval. Entre nous deux, et très confidentiellement, il m'est beaucoup plus sympathique que le député. D'ailleurs, son hôtel est très bien tenu. Je n'étais pas trop fier de remplir mon rôle de policier cette journée-là...

— Pas de problème, sergent, tout s'est réglé à l'amiable. Ce que je veux vous demander aujourd'hui, c'est de prendre connaissance de cette lettre anonyme et de me dire s'il y a moyen d'en identifier l'auteur.

Le policier reçut la lettre, se rassit derrière son pupitre, mit ses lunettes, prit un air sérieux, éclaircit sa voix, puis se concentra entièrement sur la lecture du document. Celle-ci terminée, il enleva ses lunettes et se tourna lentement vers Léon.

— Monsieur le maire, c'est tout un bateau qu'on vous monte là! C'est sûrement l'œuvre d'une personne jalouse, peut-être un ancien amoureux à vous ou à mademoiselle Latour. La personne qui a écrit cette lettre veut empêcher votre mariage. Bien sûr, je ne peux pas obtenir de mandat pour perquisitionner toutes les maisons du village et examiner toutes les machines à dactylographier. De plus, même si la lettre a été postée localement, comme je l'ai remarqué sur l'enveloppe, il n'est pas impossible qu'une personne l'ait déposée à Beaurivage en passant. Avez-vous des soupçons?

— Pour le moment, je vais vous remettre un seul nom, très confidentiellement. Tenez-moi au courant, sergent.

Les deux fiancés rejoignirent le garde-pêche chez lui. Il était en train de mettre de l'ordre dans le hangar, pendant que son épouse était allée à l'épicerie. Rodolphe Marquis, tout heureux de cette «belle visite» inattendue, les fit entrer dans la cuisine où il leur servit un café. Léon aborda délicatement le sujet, lui récita par cœur le contenu de la lettre et demanda à son père ce qu'il en pensait.

— Une lettre anonyme apporte rarement des bonnes nouvelles, répondit-il. Elle est encore moins souvent un signe de bravoure. Je présume que vous voulez savoir si je suis le papa de vous deux. Je n'ai aucun doute que je suis ton père, Léon. Quant à toi, Rénalda, je serais très fier de l'être aussi, mais il va falloir que je me contente d'être ton beau-père! J'ai bien l'impression que Lucienne Latour sauterait au plafond si j'allais me vanter d'être ton père naturel. Alors, je plaide non coupable.

Léon, connaissant bien son père, était certain qu'il disait la vérité. Il lui demanda de ne souffler mot de l'affaire à sa mère. Tendre et sentimentale comme il la connaissait, il craignait qu'elle soit blessée, peut-être inutilement. Les deux jeunes décidèrent plutôt de rendre visite au juge Latour.

Le pénitencier fédéral de Montcerf est isolé en forêt, à une centaine de kilomètres de Beaurivage. Les deux fiancés s'y rendirent en début de journée le lendemain. Campé sur le haut d'une montagne, cet énorme édifice gris et austère domine toute la région boisée environnante. Destiné à recevoir les prisonniers en longue détention, l'établissement, vu de loin, dégage l'aspect rébarbatif d'une forteresse imprenable. De près, il présente un visage encore moins accueillant.

— Léon, je viens assez souvent voir mon père, mais je ne peux m'acclimater à l'atmosphère lugubre de cette prison. J'éprouve beaucoup de difficulté à retenir mes larmes quand je vois arriver papa affublé de sa tenue de prisonnier. Au début, il nous fallait lui parler à travers les barreaux, en présence d'un gardien. Au moins, maintenant, on nous laisse seuls ensemble dans une petite salle barrée de l'extérieur. Au bout de trente minutes, la porte s'ouvre et les invités doivent partir. Quand aura-t-il fini de purger sa peine?

— Je m'occupe activement de lui obtenir une entrevue devant la Commission des libérations condi-
tionnelles, répondit Léon. Sa conduite au pénitencier
est exemplaire. Je te tiendrai au courant.

Les deux jeunes gens se présentèrent au guichet
d'admission où ils s'enregistrèrent, puis un gardien les
pilota dans une série de longs corridors d'une propre-
té immaculée. Seul l'écho sonore de leurs pas rompait
le silence des lieux, jusqu'à ce que le gardien débarre
une énorme porte d'acier qui s'ouvrit dans un grince-
ment strident. Il les fit pénétrer dans une petite salle
d'attente meublée de quelques chaises. Peu de temps
après, Alexandre Latour arriva par une autre porte.

Il se précipita vers Rénalda et l'enlaça sans prononcer une seule parole. Puis il se recula pour l'admirer, la reprit de nouveau contre lui et l'embrassa
tendrement. Après avoir serré la main de Léon, il les
regarda tous les deux:

— Vous faites un couple splendide. C'est la première fois que je vous vois ensemble depuis vos fiançailles. Mes félicitations!

Tous trois en avaient beaucoup à se dire et le
temps passait vite. Léon voulut aborder le motif de
leur visite avant que la période allouée au parloir ne
soit trop avancée. Il expliqua rapidement la source de
leur inquiétude. Le juge devint songeur, puis leur fit
une réponse tout à fait inattendue.

— Léon, je n'ai jamais trouvé l'occasion de t'en
parler, mais je connais ta mère depuis longtemps. Je
l'ai même déjà courtisée. Quand j'ai ouvert mon cabinet juridique à Beaurivage, Sophie Lafleur était
une des plus jolies filles du Bidon. À mon goût, encore plus attrayante que sa grande copine de l'époque,

Albertine Lupien, maintenant madame Hubert Deschamps. Parfois, nous sortions ensemble, les deux couples, et nous avions beaucoup de plaisir. Bien sûr, j'étais encore célibataire. Par après, ta mère a rencontré Rodolphe Marquis, jeune garde-pêche à fière allure, et ce fut le coup de foudre. J'ai mordu la poussière. Heureusement pour moi, peu de temps après j'ai fait la connaissance de ma Lucienne, que j'ai toujours aimée.

Entendant la clef tourner dans la serrure pour signaler la fin de l'entrevue, Léon voulut obtenir l'assurance précise qu'il recherchait.

— Monsieur Latour, pendant que vous sortiez avec madame, avez-vous...?

Le gardien reconduisait déjà le prisonnier vers sa cellule quand ce dernier se retourna vers Léon pour lui crier :

— Léon, ce n'était pas la mode à l'époque. Ne t'inquiète pas, tu es vraiment un petit garde-pêche!

Les deux fiancés poussèrent en même temps un profond soupir de soulagement et se retrouvèrent dans les bras l'un de l'autre. Le geôlier dut frapper son trousseau de clefs à plusieurs reprises contre les barreaux de fer pour les ramener à la réalité.

Sur la route du retour, ils babillaient comme deux écoliers en vacances. Léon essayait de se concentrer sur la conduite de la voiture et, pendant ce temps, Rénalda le taquinait, badinait, discutait des préparatifs du mariage, élaborait des projets de voyage de noces, décrivait la petite maison blanche qu'ils se feraient construire tout près de la rivière. Tout à coup, elle revint à la réalité et posa à Léon la question qui lui brûlait les lèvres.

— Selon toi, qui est la personne concernée qui a écrit cette lettre anonyme?

— J'ai donné au sergent Pinsonneault le nom d'une personne suspecte. S'il découvre qu'elle est vraiment l'auteur de la missive, je t'en dirai plus long.

— Léon, tu piques encore ma curiosité! De qui parles-tu?

— Sois patiente, nous arrivons au poste de police. Descends avec moi au bureau du sergent et tu apprendras les résultats en même temps que moi.

Le sergent Pinsonneault était au téléphone. Il ne tarda pas cependant à faire entrer Léon et Rénalda dans son bureau.

— Monsieur le maire, vous avez frappé juste. La machine sur laquelle la lettre a été dactylographiée est très probablement celle que j'ai inspectée à la résidence du pharmacien Deschamps. D'ailleurs, madame Albertine était dans tous ses états quand je lui ai produit le mandat de perquisition. J'ai l'impression qu'elle ne votera pas pour vous aux prochaines élections! Qu'avez-vous l'intention de faire à son sujet?

— Rien pour le moment. Je vous prie de conserver la lettre avec votre rapport dans vos dossiers, comme document strictement confidentiel. Je vous remercie de vos bons offices.

Une fois retournée dans la voiture, Rénalda ne put retenir sa stupéfaction.

— Madame Deschamps! Je ne peux pas croire qu'elle ait écrit une lettre si malveillante! J'ai toujours pensé que c'était une amie de la famille. Qu'est-ce qu'elle peut bien avoir contre nous?

— Je crois l'avoir deviné. Je t'en dirai plus long tantôt. Pour le moment, allons rapporter la bonne nouvelle au curé avant qu'il ne parte en guerre contre quelqu'un.

L'abbé venait d'entendre les confessions des enfants à la sacristie et se dirigeait vers le presbytère. Il conduisit les deux visiteurs à son bureau. Léon s'empressa de lui raconter les conversations que lui-même et Rénalda avaient eues avec leurs pères pour en tirer ses propres conclusions:

— Monsieur le curé, je n'ai aucun doute dans mon esprit que nos deux parents disent la vérité. En conséquence, nous ne sommes pas frère et sœur.

— Et vous, Rénalda, qu'est-ce que vous en pensez?

— Moi aussi, j'en suis convaincue. D'ailleurs, le contraire m'aurait grandement surprise. Nous avons appris cependant que mon père et madame Marquis se sont courtisés alors qu'ils étaient tous les deux célibataires. C'est peut-être ces rencontres d'autrefois qui ont motivé la personne concernée à créer des soupçons, possiblement par vengeance.

— C'est fort probable, fit le curé. À ce propos, Léon, vous m'avez dit que vous alliez remettre la lettre aux autorités. Avez-vous obtenu des résultats?

— Oui, la police a identifié la machine sur laquelle la lettre a été tapée dans la demeure d'une personne qui était au courant du flirt passager entre nos deux parents.

— Vous réveillez ma curiosité, Léon. Savez-vous pourquoi cette personne veut empêcher votre mariage?

— Je crois le deviner, mais je pense qu'il serait préférable de ne pas vous révéler son nom pour le moment, à moins que vous insistiez!

— Je n'y tiens pas. En ce qui me concerne, toute personne qui voudra empêcher votre mariage devra s'identifier. Jusqu'à preuve du contraire, j'ai confiance en vous et en vos parents. Allez en paix!

En sortant du presbytère, Léon et Rénalda arrivèrent face à face avec la dernière personne au monde que Léon s'attendait à rencontrer, Huguette Deschamps. Ils demeurèrent bouche bée, cloués sur place. Rénalda, qui n'était pas au courant des relations tendues existant entre Huguette et Léon, accueillit la jeune femme avec son plus beau sourire et lui planta une bise sur chaque joue. Huguette se dégagea gauchement de l'accolade, puis prit la parole.

— J'allais justement rencontrer monsieur le curé pour discuter d'un sujet qui vous intéresse tous les deux. Je crois que ce serait préférable que je vous en parle d'abord, puisque le hasard a voulu que nous nous rencontrions ici. Allons donc nous asseoir dans le petit parc, à côté de l'église.

Léon tentait péniblement de retrouver son aplomb. Il manquait parfois d'assurance en présence des dames et se sentait maintenant coincé entre deux d'entre elles, sans trop savoir ce que l'une s'apprêtait à dévoiler et comment l'autre réagirait. Par mesure de prudence, il demeura silencieux et leur emboîta le pas.

Le petit parc était aménagé autour d'une croix des chemins, un peu en retrait de l'église. Quelques corbeilles de fleurs placées aux pieds de Jésus répandaient un doux arôme de lilas et de muguet. Des cris excités de fin d'après-midi parvenaient de la cour d'une école voisine. Le trio prit place sur deux grands bancs rapprochés l'un de l'autre.

Léon, ne sachant pas du tout à quoi s'attendre de la part d'Huguette, ne trouvait rien à dire. Pour sa part, Rénalda tenta d'entamer une petite conversation, puis se rendit compte qu'il y avait trop de sérieux dans l'air et que mieux valait attendre qu'Huguette parle.

«Rénalda, j'ai bien l'impression que Léon ne t'a pas raconté ce qui s'est passé entre nous deux. Il a sans doute jugé sage de ne pas le faire. Par contre, moi je dois te mettre au courant, sans quoi tu ne comprendrais pas ma visite au presbytère. De toute façon, je veux libérer ma conscience d'un lourd fardeau. Si je sens le besoin de me confesser et de demander pardon, c'est sûrement à vous deux que je dois le faire.

Huguette soupira profondément, se sentant déjà plus dégagée. Léon, lui aussi respirait mieux, pressentant que le drame s'approchait d'une conclusion heureuse. Pour sa part, Rénalda puisait au plus profond de son intuition pour tenter de percer le mystère de l'intrigue. Huguette continua d'une voix plus déterminée.

«Rénalda, à mon retour à Beaurivage, je suis tombée follement amoureuse de ton Léon. Il était trop naïf pour s'en rendre compte et moi, encore plus ingénue, je prenais sa camaraderie pour un sentiment plus profond à mon égard. Il y a quelques jours, je me suis rendue à son bureau en haut de notre pharmacie, après les heures de travail s'il vous plaît, et je me suis lancée sur lui comme une belle folle. Sur le coup, il ne semblait pas trop haïr ça. Après tout, je connais bien des hommes qui auraient été comblés. Mais il s'est ressaisi et m'a repoussée, gentiment je dois ajouter. Furieuse, je suis allée vider ma bile auprès de ma mère. Vous la connaissez tous les deux. Elle a réagi à sa manière. Quand elle m'a appris aujourd'hui qu'elle avait envoyé une lettre anonyme au curé, je me suis rendue compte que nous étions allées beaucoup trop loin. Une fois calmée, je lui ai dit que j'irais au presbytère pour tout avouer. Voyant que j'étais décidée, elle n'a pas essayé de m'empêcher. D'ailleurs, depuis la visite du sergent de police, elle était beaucoup moins fringante. Alors, je veux vous demander pardon à tous les deux. Je vous serais également très reconnaissante de ne pas trop tenir rigueur à maman de sa réaction exagérée. Elle n'est pas méchante. Elle est comme sa fille, prétentieuse et prompte.

Huguette se sentait maintenant libérée d'un lourd fardeau. Elle prit une autre grande respiration et termina ainsi sa confession.

«Enfin, je veux finir par une bonne nouvelle. Ce n'est pas vrai que vous êtes frère et sœur. Maman savait que le juge Latour avait déjà courtisé ta maman, Léon, et elle s'est accrochée à ce vieux souvenir pour monter son histoire. Donc, même si je suis jalouse pendant un bout de temps, mariez-vous en paix et soyez heureux!»

Le bon curé qui, de sa fenêtre, observait les jeunes, assis en tête à tête dans le petit parc, les vit debout tous les trois s'enlaçant en demi-cercle au pied de la croix. Levant son regard, il crut deviner un sourire sur le visage du Christ.

Chapitre XI

Un enterrement stimulant
au palais de justice

RÉGIS ROBERVAL et Robert Farthington jasaient tous les deux, assis confortablement sur la galerie de l'hôtel Champlain. Ils contemplaient la rivière et discutaient les événements récents. L'hôtelier raconta avec force détails la visite du député, celle des policiers, l'intervention de Léon, le voyage à Québec, les rencontres avec l'adjoint de la Commission et avec le député et, enfin, le dénouement spectaculaire de toute cette affaire.

— Je dois une fière chandelle à Léon, déclara Roberval. Sans ses bons offices, je perdais mon hôtel, c'est absolument certain. Tu peux être sûr que je vais lui préparer une grande réception pour son mariage. Je le lui dois bien.

— Je te comprends, renchérit l'ancien maire. À propos, je me demande si quelqu'un s'occupe de lui organiser un enterrement de vie de garçon. Ça pourrait être très intéressant!

— Je n'en ai pas entendu parler. As-tu des plans, mon Bob?

— Non, pas vraiment. Mais je peux déterrer des bonnes idées. J'en ai vu, des enterrements de toutes les couleurs au cours de ma carrière. Dans mon cas, les gars m'ont attaché dans un canot et m'ont poussé dans le courant. J'étais rendu dans le fond de la Baie des Chaleurs avant de pouvoir me déprendre!

— Au Lac Saint-Jean, à mon époque, renchérit l'hôtelier, on s'emparait du futur marié, on le déshabillait flambant nu, on le roulait·dans la mélasse et les plumes de poule, puis on le lâchait dans la rue principale à l'heure du midi!

Tous les deux de s'esclaffer, de rigoler, de se tenir les côtes, de se taper sur les cuisses et de raconter des enterrements, vécus ou inventés, tous plus saugrenus et plus burlesques les uns que les autres. Finalement, ils décidèrent de former un petit comité avec Jos Gravel et des représentants de l'hôtel de ville et du palais de justice. Au cours de la soirée, tout ce beau monde se réunit dans la taverne et échafauda une stratégie que l'on crut à la hauteur de la situation et à la mesure de la victime.

Le lendemain matin, le sergent Pinsonneault se présentait au cabinet de Léon pour lui signifier une sommation l'accusant d'avoir pris illégalement du saumon dans la rivière Restigouche, le 17 juin 1970. Léon sursauta et tenta de discuter de l'accusation avec le sergent.

— Écoutez, sergent, je n'ai même pas pêché, légalement ou illégalement, de l'été. Je n'ai pas eu le temps!

Le sergent était déjà parti. Léon se mit à songer. Le 17 juin, c'était la journée de son assermentation à la mairie. Il n'était sûrement pas allé à la pêche au saumon ce jour-là, le plus important de sa vie, du moins jusque-là. C'est vrai qu'il avait fait une petite tournée en canot au début de la soirée avec Rénalda, mais ses intentions n'étaient pas tournées vers la pêche. Loin de là! Il décida de donner un coup de fil à sa fiancée.

— Rénalda, devine ce qui m'arrive! On vient de porter une accusation contre moi pour prise illégale de saumons le 17 juin dernier. C'était la date de mon assermention; tu t'en souviens?

— Pauvre drôle! Comment veux-tu que j'aie déjà oublié la plus belle journée de ma vie? C'est la date où j'ai chanté l'hymne national en solo pour la première fois!

— Sois sérieuse, Rénalda. Est-ce que j'ai pris du saumon à cette date?

— Si tu me considères comme un saumon, oui! tu m'as prise... par surprise.

— Nous avons traversé la rivière ensemble, une fois à l'aller, une fois au retour. M'as-tu vu pêcher?

— Pêcher, non, pécher, peut-être, si tu as la conscience étroite, et l'imagination fertile. Ne t'inquiète pas, si tu as à te défendre, je serai à tes côtés pour t'aider à prouver que tu n'as pas fait ce que tu n'as pas fait.

— Tu n'es pas tellement rassurante, enfin je présume que c'est le seul éclairage que tu peux m'apporter pour le moment.

Toujours inquiet, Léon décida de communiquer avec son père. Après tout, à titre de garde-pêche, il devait être au courant de toutes les infractions donnant lieu à des poursuites sur son territoire.

— Bonjour papa! Ça marche les affaires? Tu ne travailles pas trop fort, j'espère?

— Salut, Léon. Très heureux de constater que tu commences à t'intéresser à mon travail et à ma santé. Tout va très bien, dans les deux domaines.

— Es-tu au courant d'infractions récentes sur ton territoire?

— Les braconniers ne sont pas tous devenus des saints, juste parce que tu as été élu maire de Beaurivage.

— Écoute, papa, je viens de me faire signifier une accusation de prise illégale de saumons et je n'ai même pas pêché.

— Ludger Legros et les deux MacTavish n'avaient pas pêché eux non plus dans le Million Dollar Pool, selon eux, pourtant leur canot était plein de saumons.

— Papa, sois sérieux, je ne suis pas un braconnier!

— Mon garçon, je ne peux pas faire de passe-droit en ta faveur. Si tu n'as rien à te reprocher, tu n'as rien à craindre.

Au jour et à l'heure convenus, Léon comparaissait devant le juge Lamarche. La cour était déjà bondée de spectateurs. Sans doute, pensait Léon, que la nouvelle de son infraction s'était répandue dans le village. Contrairement à son habitude, le juge paraissait impatient, même maussade. Il demanda sèchement au greffier d'appeler la cause suivante, celle de Léon. Ce dernier prit rapidement la parole.

— Comme vous le savez bien, Votre Honneur, je respecte beaucoup trop nos lois et notre environnement pour commettre le genre d'infraction dont on m'accuse. Il y a sûrement erreur. D'ailleurs, à titre de maire de cette municipalité, je me dois de donner le bon...

— Plaidez-vous coupable ou non coupable, interrompit le juge d'un ton glacial.

— Heu! Je voulais simplement faire quelques remarques préliminaires pour vous dire que je suis innocent.

— Me Marquis, je ne vous demande pas si vous êtes innocent. Vous avez droit à votre opinion à ce sujet. Moi aussi, parfois, je vous trouve innocent. Je vous demande si vous voulez plaider coupable, oui ou non.

— Votre Honneur, je plaide non coupable.

— Avez-vous quelqu'un pour vous représenter? demanda le juge à l'accusé.

— Non, je veux me représenter moi-même.

— Me Marquis, vous êtes sûrement au courant d'un axiome célèbre consacré par la jurisprudence anglaise : «celui qui se représente lui-même a un fou comme client». Par contre, c'est votre droit incontestable de vous représenter vous-même. Me Beauparlant, êtes-vous prêt?

— Oui, Votre Honneur. La Couronne va tenter de démontrer que le 17 juin 1970 l'accusé, accompagné d'une personne indéterminée, a lancé de son canot un filet dans la fosse aux saumons, connue sous le nom de Home Pool, sur la rivière Restigouche, dans la municipalité de Beaurivage, comté de Beaubassin, province de Québec, et a, par ce moyen illégal, capturé une quantité importante de saumons, contrairement aux dispositions de la Loi sur les pêcheries de la province de Québec.

— Appelez vos témoins, ordonna le juge.

— Votre Honneur, avant de continuer, déclara Me Beauparlant, je demande l'exclusion des témoins des deux parties.

— Accordé, répondit le juge.

— Que les témoins me suivent dans la chambre des témoins, entonna l'huissier.

— Comme premier témoin, annonça Me Beauparlant, j'appelle monsieur Angus MacTavish. Venez vous faire assermenter, monsieur MacTavish.

D'un air goguenard, Angus se dirigea directement vers la boîte aux témoins, flanqua sa main rudement sur la Bible et ne se fit pas prier pour rendre son témoignage.

— En ce début de soirée, j'étais à rafistoler mon canot sur la rive avec mon frère Halton, quand j'ai vu l'accusé mettre un canot à l'eau au quai de l'hôtel de ville et y faire embarquer une jeune dame. J'étais surpris de constater que c'était notre nouveau maire, puisque je le pensais encore à son assermentation. Un peu avant de passer devant nous, il a laissé tomber un filet avec lequel il a seiné tout le fond du Home Pool. Quand il a ancré son canot de l'autre côté, le filet était tellement lourd que lui et la jeune dame ont eu beaucoup de difficulté à le tirer hors de l'eau. D'où j'étais, je voyais les saumons frétiller et sauter à l'intérieur du filet.

En contre-interrogatoire, Léon eut beau bombarder le témoin de questions, il ne put le faire démordre d'un iota. Au contraire, Angus répétait la même version avec de plus en plus de conviction. De guerre lasse et sentant que le juge commençait à s'impatienter, Léon retourna s'asseoir en secouant la tête avec incrédulité.

Le deuxième témoin, Halton MacTavish répéta exactement le même témoignage que son frère, avec le même résultat. La seule différence était que le jeune MacTavish semblait plus folichon que son aîné.

Comme témoin suivant, le procureur de la Couronne, appela Florian Tremblay. Flo fit son apparition dans la salle, sourire aux lèvres, tout fier de son importance momentanée. Son témoignage fut simple, clair et direct.

— J'étais à peindre les boiseries autour de la fenêtre d'une chambre du dernier étage de l'hôtel, donnant sur la rivière, lorsque je vis passer en canot Léon, habillé en maire, accompagné de Rénalda Latour, vêtue d'une grande robe noire. J'ai vu Léon lancer un filet droit dans la fosse du Home Pool, puis le sortir plein de saumons de l'autre côté de la rivière.

Léon était estomaqué. Il connaissait Flo depuis toujours et le considérait comme un vrai ami. Sûrement que Flo s'était trompé et avait cru voir un filet. Il fallait le contre-interroger.

— Monsieur Tremblay, vous êtes sous serment. M'avez-vous vraiment vu lancer un filet dans la fosse, ou si vous pensez que vous m'avez vu lancer un filet?

— Léon, je t'ai vu faire autre chose à part ça! répondit le témoin.

— Voyons, qu'est-ce que vous voulez insinuer?

— Si tu veux que je dise toute la vérité, il s'est passé autre chose de l'autre côté de la rivière après le coup de filet.

Léon se sentait confus et dérouté par cette réponse ambiguë. Qu'est-ce que Flo voulait raconter? Ça pouvait devenir gênant devant une salle bondée.

— Monsieur Tremblay, répondez seulement aux questions que je vous pose. M'avez-vous vu réellement lancer un filet dans la rivière, oui ou non?

— Léon, je t'ai vu faire tout ce que tu as fait, à partir du canot jusqu'au canapé sur la galerie de la petite cabane de gardien!

Léon entendit un murmure de curiosité s'élever dans la salle. Même Son Honneur avança son fauteuil et tendit une oreille très intéressée vers le témoin. La petite sténo, Huguette Desjardins, leva ses yeux espiègles vers l'accusé, lequel tentait désespérément de reprendre son équilibre. Voyant qu'il s'emboîtait de plus en plus en questionnant le témoin, Léon décida que mieux valait couper court au contre-interrogatoire. D'ailleurs, la seule personne présente à cette petite randonnée en canot, à part lui-même, était sa Rénalda, et elle viendrait éclaircir la situation en temps et lieu.

— Monsieur Tremblay, je n'ai plus d'autres questions.

La comparution du dernier témoin de la Couronne eut le don de plonger Léon dans la plus profonde consternation. C'était nulle autre que sa plus loyale et plus fidèle alliée, Eulalie Lachapelle.

Eulalie fit une entrée très distinguée, tira sa révérence devant le juge, puis se glissa gracieusement sur le banc des témoins, prenant bien soin d'ajuster sa jupe convenablement sur ses genoux. Après l'assermentation, elle entra dans le vif du sujet.

— Je sortais de l'hôtel de ville après la cérémonie d'inauguration de monsieur le maire quand je vis celui-ci et mademoiselle Latour se diriger à pied vers le quai. J'admets que j'étais intriguée. Je les ai vus embarquer dans un canot et le pousser dans le courant. Je les ai suivis des yeux tout en marchant sur le quai le long de la rivière. Rendue presque devant l'hôtel, j'ai remarqué que Léon lançait quelque chose dans la rivière. J'ai pensé que ça pouvait être un filet. J'en ai été certaine quand le maire Marquis l'a traîné sur l'autre rive et que les poissons sautaient.

Léon n'en croyait pas ses oreilles. Tout à fait désemparé, il lança en contre-interrogatoire la première question qui lui passa par la tête:

— Mademoiselle Lachapelle, vous êtes une citoyenne responsable, respectueuse des lois. Pourquoi n'avez-vous pas immédiatement averti les autorités que je commettais cette infraction plutôt que d'attendre jusqu'à aujourd'hui pour faire votre déclaration?

— Mais, monsieur le maire, répondit-elle avec la plus grande désinvolture, j'ai foi en vous, je vous ai toujours considéré comme un jeune homme sérieux. Je croyais sincèrement que vous aviez un permis spécial pour pêcher de cette façon. Après tout, vous êtes maintenant notre maire et nous sommes tous en droit d'espérer que vous donnez le bon exemple.

Totalement désarçonné, Léon décida de mettre fin le plus rapidement possible à ce cauchemar intolérable. Il ne posa plus de questions. Vu que la preuve de la Couronne était close, il demanda au juge l'autorisation de faire entendre son seul témoin.

— Votre Honneur, j'appelle Rénalda Latour. Monsieur l'huissier, veuillez la faire entrer.

Toutes les têtes dans la salle se tournèrent vers la porte de la chambre des témoins. L'huissier revint bredouille. Il clama de sa voix la plus solennelle :

— Votre Honneur, il n'y a plus personne dans la chambre des témoins!

Abasourdi, Léon alla lui-même vérifier et dut constater que la chambre était vide. Il s'avança devant le juge et demanda un ajournement.

— Je m'objecte, interjeta Me Beauparlant. Un procureur ne doit pas profiter de sa propre turpitude. Il doit voir à ce que ses témoins soient présents.

— Votre Honneur, implora Léon, mademoiselle Latour était présente ce matin et elle a suivi l'huissier dans la chambre des témoins. Je ne peux comprendre pourquoi elle est partie. En toute justice, je demande un ajournement pour me permettre de la rejoindre.

— Très bien, répondit le juge, la cour est ajournée péremptoirement pour dix minutes seulement.

Léon se précipita hors de la salle pour faire des appels téléphoniques. Il n'y avait pas de réponse à la résidence Latour. Rénalda ne se trouvait pas à l'hôpital. Personne à la cour ne l'avait vue s'en aller. Léon était au désespoir; Rénalda était son atout principal, son témoin clef. Attendu qu'il n'avait pas retenu de procureur pour le questionner, s'il devait procéder seul, avec lui-même comme son propre témoin, il se trouverait coincé dans une situation très précaire.

Après dix minutes, pas une seconde de plus, l'huissier fit entrer les spectateurs et annonça le retour du juge. Ce dernier monta à son siège, regarda délibérément autour de lui, puis fixa son regard sur Léon.

— Me Marquis, dit-il, veuillez présenter votre preuve.

— Votre Honneur, je me trouve sérieusement désavantagé. Je ne peux retrouver mon principal témoin, mademoiselle Latour. Je dois donc vous demander un nouvel ajournement.

— Je regrette, répondit sévèrement le juge, mais je ne peux vous l'accorder. Vous saviez très bien que votre cause était entendue ce matin. La justice exige la diligence de la part des parties en cause et la ponctualité est une marque de respect à l'égard du tribunal. Je vous ai signalé au départ ce matin que celui qui se représente lui-même a un fou pour client. Les problèmes que vous nous causez dans le moment confirment la validité de cet axiome. Un avocat compétent se serait assuré de la présence de ses témoins.

Cette semonce prononcée du haut du banc tomba sur les épaules de Léon comme la dernière goutte qui fait déborder le vase. Fou de rage, il perdit complètement les pédales pour se lancer à fond de train dans une attaque personnelle contre le magistrat.

— Votre Honneur – en passant, je me sens forcé de dire que ces deux mots à votre endroit m'écorchent la langue –, je m'attendais à plus d'impartialité et de justice de votre part. Vous avez admis en preuve un tissu de mensonges et vous me refusez mon droit fondamental d'obtenir un ajournement. Après avoir entendu la soi-disant preuve de la Couronne, vous savez très bien, ou du moins un juge le moindrement compétent saurait très bien que la personne qui m'accompagnait dans le canot est la mieux placée pour témoigner dans la présente affaire. Pour des raisons que je ne peux comprendre, vous ne m'accordez que dix minutes pour la retrouver, alors que vous-même, quand vous étiez avocat de la Couronne ici même dans ce palais de justice, vous demandiez constamment des ajournements, simplement parce que vos causes n'étaient pas préparées. Deux poids, deux mesures! La façon dont vous dirigez ce procès est inacceptable et je refuse de continuer à comparaître devant vous, comme accusé ou comme avocat!

Après une longue période de silence, le juge Lamarche dirigea un regard impitoyable vers Léon, puis lui parla lentement, martelant chacune des syllabes de chacun des mots.

— Me Léon Marquis, je vous ordonne de me dé-montrer sur-le-champ pourquoi je ne dois pas vous déclarer coupable d'outrage au tribunal en la pré-sence d'un juge.

Léon, sentant l'abîme s'ouvrir sous ses pieds et croyant qu'il n'avait plus rien à gagner en ajoutant d'autres paroles, ne dit plus mot. Alors, le juge pro-nonça sa sentence du banc.

— Me Léon Marquis, je vous trouve coupable d'outrage au tribunal et je vous condamne à dix jours de prison. Sergent Pinsonneault, veuillez conduire le prisonnier au cachot. La séance est levée.

Dans un silence sépulcral, le sergent s'approcha de Léon, lui passa les menottes, le dirigea vers le fond de la salle et ouvrit la porte donnant accès au sou-bassement du palais de justice où se trouvent deux cellules destinées à retenir les prisonniers en brève détention. Sans lui dire un seul mot, le sergent des-cendit les marches derrière Léon et le poussa à l'in-térieur d'une cellule, puis referma la lourde porte à barreaux de fer. Il tourna une énorme clef dans la ser-rure et se retira.

Léon savait qu'il y avait des cellules sous la salle d'audience. Il n'avait cependant jamais eu l'occasion de les voir. Elles servaient généralement à héberger les clochards ivres cuvant leur vin pendant la nuit. Effectivement, Léon s'aperçut rapidement qu'il avait un voisin, par les odeurs nauséabondes et les sons rauques de dégorgement qui provenaient de l'autre cellule.

Celle de Léon était meublée à la spartiate : un lit, un lavabo, des toilettes. Il s'assit sur le bord du lit, poussa un profond soupir, et tenta calmement d'ana-lyser la situation.

Les événements s'étaient bousculés à une telle vitesse que Léon éprouvait beaucoup de difficultés à faire le point. Pourquoi cette accusation de braconnage contre lui? Tout le monde savait que ce n'était pas son genre. Mais pas du tout! Depuis quelques années il n'allait presque jamais à la pêche. Il n'en avait pas le loisir. Quant à désobéir aux lois et règlements sur les pêcheries, c'était tout à fait contraire à ses dispositions naturelles. Fils d'un garde-pêche, il avait été élevé dans un environnement de respect, non seulement à l'égard des législations, mais également envers les lois de la nature.

Ensuite, qui avait bien pu monter toute cette affaire contre lui? À part Ludger Legros, encore derrière les barreaux, il ne se connaissait pas d'ennemis. Même Gros Bob, son adversaire à la mairie, était devenu un bon copain. Mystère!

Pourquoi ces quatre personnes étaient-elles venues témoigner contre lui, surtout une personne raisonnable comme Eulalie? Ces quatre-là ne pouvaient pas l'avoir vu lancer un filet dans la fosse, puisque ce n'était pas le cas.

Qu'était-il advenu de Rénalda, sa fiancée, son amour, qui l'avait accompagné le matin du procès, toute pimpante, suprêmement confiante en son innocence? Pourquoi était-elle disparue au moment même où il avait le plus besoin d'elle? Avait-elle été enlevée une deuxième fois? À Beaurivage? En un autre lieu?

Et, pourquoi le juge avait-il été si dur à son endroit? Lucien Lamarche et lui avaient toujours été d'excellents collègues. Ils avaient souvent plaidé l'un contre l'autre, sans rancune toutefois. Refuser un simple ajournement, surtout que le procès n'avait duré qu'une demi-journée? C'était du jamais vu!

Toutes ces questions demeuraient sans réponse. Pour le moment, Léon se reprochait sa réaction méchante envers le juge. Il avait été trop prompt. Il s'était emporté. Il avait perdu la maîtrise de ses émotions. Maintenant, il le regrettait amèrement.

Par ailleurs, dix jours au cachot pour mépris de cour, c'était un peu fort! On ne lui avait même pas fourni l'occasion de communiquer avec un avocat avant de le mettre en tôle. Par contre, le juge avait eu parfaitement raison de lui suggérer de se faire représenter, même s'il était avocat lui-même. Il s'était mis dans de bien beaux draps, emprisonné, et personne pour s'occuper de lui!

À ce moment, Léon entendit la clef tourner dans la serrure et vit le sergent Pinsonneault à la porte de sa cellule.

— Me Marquis, le juge Lamarche veut vous voir en haut.

— Pourquoi veut-il me parler?

— Je ne sais pas, suivez-moi.

Quand Léon ouvrit la porte et arriva dans la salle du tribunal, elle était encore bondée. Le juge Lamarche était debout à son banc, un large sourire aux lèvres. Dans la boîte aux prisonniers siégeait le juge Latour, madame Lucienne à ses côtés. En passant devant la boîte du jury, Léon remarqua qu'elle était remplie de Rhapsodiens avec leurs instruments de musique. Au moment où il aperçut Rénalda qui s'avançait vers lui, la figure épanouie et lui tendant les bras, deux colosses, en l'occurrence Régis Roberval et Robert Farthington, le levèrent de terre et le promenèrent en triomphe dans la salle. C'est alors qu'au rythme endiablé de l'orchestre, l'auditoire se mit à chanter «Il a gagné ses épaulettes!»

Les deux porteurs déposèrent leur victime sur le parquet et Rénalda étreignit Léon de tendresse tout en lui soufflant à l'oreille :

— Pardonne-moi, Léon, de t'avoir abandonné. Tu sauras bientôt pourquoi.

Le juge Lamarche reprit son siège et frappa vigoureusement du maillet pour obtenir l'attention de l'auditoire.

— À l'ordre, s'il vous plaît, cria l'huissier d'un ton impératif.

Une fois le calme rétabli, le juge prit la parole.

— Il s'est passé des choses extraordinaires dans cette salle d'audience aujourd'hui. Je crois donc que mon devoir est de fournir des explications à tous ceux qui sont ici, surtout à Léon Marquis, la victime devenue héros.

«Toute cette histoire a commencé sur la galerie de l'hôtel Champlain. Là, nos deux joyeux troubadours, Régis Roberval et Robert Farthington, ont décidé d'organiser un enterrement de vie de garçon digne de notre jeune maire. Après avoir passé en revue plusieurs plans plus ou moins saugrenus, ils ont convenu de confier le projet à un comité représentatif des différents groupements du village, présidé par l'ami de tous, Jos Gravel.

«C'est Jos qui a cuisiné toute l'affaire, avec la coopération de beaucoup de monde. Moi le premier, je plaide coupable de m'être laissé embrigader dans cette aventure pas du tout conforme à l'administration coutumière de la justice. À ma défense, j'ai pensé que c'était pour une bonne cause, puisque la victime 'enterrée' s'en tire avec honneur et dignité.

«Jos a pensé qu'il fallait piéger Léon dans un lieu qui lui était familier pour ne pas éveiller ses soupçons, donc, le palais de justice, un procès, une histoire de pêche. C'est alors qu'il a communiqué avec Réjean Beauparlant, le procureur de la Couronne et moi-même. C'est surtout Réjean qui a préparé le scénario du procès. Je dois ajouter que nous avons eu un plaisir fou tous les deux à planifier minutieusement toutes les étapes de l'audience.

«Pour obtenir les témoins nécessaires, Jos a eu recours à Gros Bob qui a réussi à embrigader les deux MacTavish. Régis nous a envoyé Flo. C'est madame Sophie Marquis, la mère de 'l'accusé' qui est parvenue à convaincre mademoiselle Eulalie Lachapelle, et je crois que ça n'a pas été facile!

«Pour finir, il fallait recruter Rénalda, tâche encore plus délicate. Jos lui-même l'a finalement persuadée que notre stratagème était tout de même plus intéressant que les orgies d'autrefois. De plus, tout le village pouvait s'amuser à notre coup monté, pas seulement quelques jeunes garçons en goût de faire la fête.

«Je présume que Léon doit penser que nous avons dépassé les bornes de la bienséance judiciaire en faisant prêter serment sur la Bible à quatre témoins dont les instructions étaient de se parjurer. Que la conscience pure de Léon repose en paix.

Le juge se fit remettre la «Bible» par le greffier, d'une main la présenta aux yeux de l'auditoire et de l'autre enleva la couverture en cuir noir qui l'entourait. C'était la couverture noire habituelle de la Bible de la cour, par contre le volume à l'intérieur était différent. Le juge expliqua.

«Les témoins n'ont pas posé la main sur les saintes Écritures, mais sur un volume que je suis en train de lire, l'autobiographie d'un confrère de la Cour fédérale intitulée 'Du banc d'école au banc fédéral'. Donc, personne ne s'est parjuré!

«Je vous invite tous maintenant à passer dans le hall d'honneur du palais de justice pour sabler le champagne, gracieuseté de Régis Roberval, un grand ami de Léon qui a lui-même beaucoup à se faire pardonner.»

Bouleversé par toutes ces émotions et se sentant terriblement naïf de s'être ainsi fait piéger, Léon se contentait de hocher la tête et de rire à pleines dents. Les acteurs de la parodie, juge en tête, furent les premiers à lui serrer la main pour s'assurer qu'il ne leur en voulait pas trop. Suivirent parents et amis qui jubilaient et célébraient l'heureux dénouement d'une affaire qui leur paraissait inquiétante à ses débuts.

Pour sa part, le juge Alexandre Latour, libéré sous surveillance à l'occasion du mariage de sa fille, savourait pleinement ce retour à «son» palais de justice, le centre de ses occupations pendant tant d'années. Les villageois, un peu craintifs au début, s'approchaient peu à peu de lui pour le saluer et le réconforter.

Près de la table aux bouteilles de champagne, les deux MacTavish faisaient le plein et, de leur bras libre, tapaient dans le dos de Gros Bob. De leur côté, Jos Gravel et Roberval se félicitaient mutuellement du rôle qu'ils avaient joué dans ce singulier procès.

Pour sa part, Eulalie, ne tarissait pas de félicitations, de bons vœux, d'excuses et de réassurances de sa loyauté à l'égard de Léon, lequel était déjà entouré d'Albertine Deschamps et de sa belle Huguette, toutes les deux lui jurant une amitié éternelle et lui offrant leurs meilleurs souhaits.

Roméo Latendresse, transformé en sommelier, s'occupait surtout de servir les jolies dames, laissant aux messieurs le soin de se débrouiller. Dans ce domaine, Flo se défendait plutôt bien. Vu sa petite taille, il se glissait sous les coudes des invités pour se rendre directement à la table, à la hauteur des verres.

Le docteur et madame Lafièvre, le pharmacien Deschamps, ainsi que le curé Sainte-Croix faisaient cercle autour de la jeune Florence Legros, laquelle racontait qu'elle avait placé temporairement son enfant dans un excellent foyer nourricier pour le reprendre plus tard. Elle-même s'était trouvé un emploi dans un salon de couture. Quant à son père, il était encore au pénitencier.

Le procureur de la Couronne, Réjean Beauparlant, relatait avec force détails le montage de la parodie à un auditoire tout oreilles, regroupant le secrétaire de la municipalité, monsieur Omer Simonac, et l'ancien professeur d'art dramatique de Rénalda, Victor Lebaron, lequel avait accepté avec grande joie l'invitation au mariage de son ancienne protégée.

Les parents Latour et Marquis encadraient les deux fiancés, quand le député Lebœuf fit son entrée dans le hall, à la grande surprise de ses électeurs qui ne l'avaient pas vu depuis le dernier suffrage. Après avoir distribué des poignées de main aux hommes et bécoté les dames, le député prit une coupe de champagne, monta quelques marches dans l'escalier et offrit un toast aux futurs mariés.

— Mesdames et messieurs, mon excellent ami Régis Roberval m'a mis au courant de la célébration d'aujourd'hui et je me suis fait un devoir, en réalité un grand plaisir, de venir me joindre à vous pour présenter mes hommages aux deux fiancés. Votre jeune maire a droit à toutes nos félicitations, non seulement pour s'être mérité, encore bien jeune, la confiance de ses concitoyens, mais surtout pour avoir conquis le cœur d'une dame si adorable. En votre nom, je lève mon verre à Rénalda et à Léon et leur offre mes meilleurs vœux de bonheur. Santé!

Les invités déjà étonnés de l'arrivée inattendue de leur député, réagirent très favorablement à son toast bref et élégant. Ne pouvant applaudir sans renverser leurs verres, ils manifestèrent leur appréciation par une volée de «bravo!» Pour sa part, Léon, maintenant remis de ses nombreuses émotions, invita Rénalda à monter avec lui dans l'escalier pour répondre au toast.

— Mes chers amis, je viens de traverser une des journées les plus palpitantes de ma vie. Je remercie les auteurs, les directeurs et les réalisateurs de cette pièce de théâtre judiciaire, pour le moins inusitée, et je leur sais gré d'avoir prévu dans leur scénario que la victime sorte vivante de cet enterrement. Je dois admettre que le coup était bien monté et que je suis tombé dans le panneau, ou plus précisément dans le filet, comme un saumon.

«Pendant que j'étais au cachot, j'ai beaucoup jonglé. Je me suis posé bien des questions. Dans ma grande naïveté, je ne pouvais pas comprendre pourquoi de bons amis avaient témoigné contre moi, pourquoi le juge et le procureur de la Couronne, deux copains de longue date, s'étaient ligués pour me mettre en boîte, et surtout pourquoi ma fiancée m'abandonnait au moment même où mes derniers espoirs reposaient sur son témoignage. J'ai compris comment il pouvait être pénible de se sentir seul.

«Mais quand je suis remonté en cour, quand j'ai vu les visages souriants qui m'attendaient, Rénalda qui m'ouvrait les bras, les deux gros sacripants qui me soulevaient pour me porter sur leurs épaules, les parents et les amis qui m'entouraient, chantaient et me tapochaient, j'ai compris comme il était merveilleux d'être au milieu des siens.

«J'ai appris beaucoup de vous tous aujourd'hui. Je vous en remercie. À tous ceux qui ont monté cette mise en scène d'enterrement de la vie de garçon, à partir de Jos Gravel jusqu'au sergent Pinsonneault, en passant par les témoins, le procureur de la Couronne et le juge, sans oublier les deux coquins de la première heure, Régis et Gros Bob, je dis : chapeau! et sans rancune! À monsieur le député, nos remerciements pour votre excellent toast.

«Rénalda et moi nous marions demain et partons en voyage de noces vers une destination secrète. Vous êtes tous invités au mariage, mais pas au voyage. Au revoir!»

Dans la collection
Romans

- Jean-Louis Grosmaire, **Un clown en hiver**, 1988, 176 pages. Prix littéraire **Le Droit**, 1989.

- Yvonne Bouchard, **Les migrations de Marie-Jo**, 1991, 196 pages.

- Jean-Louis Grosmaire. **Paris-Québec**, 1992, 236 pages, série « Jeunesse », n° 2. Prix littéraire **Le Droit**, 1993.

- Jean-Louis Grosmaire, **Rendez-vous à Hong Kong**, 1993, 276 pages.

- Jean-Louis Grosmaire, **Les chiens de Cahuita**, 1994, 240 pages.

- Hédi Bouraoui, **Bangkok blues**, 1994, 166 pages.

- Jean-Louis Grosmaire, **Une île pour deux**, 1995, 194 pages.

- Jean-François Somain, **Une affaire de famille**, 1995, 228 pages.

- Jean-Claude Boult, **Quadra. Tome I. Le Robin des rues**, 1995, 620 pages.

- Jean-Claude Boult, **Quadra. Tome II. L'envol de l'oiseau blond**, 1995, 584 pages.

- Éliane P. Lavergne. **La roche pousse en hiver**, 1996, 188 pages.

- Martine L. Jacquot, **Les Glycines**, 1996, 208 pages.

- Jean-Eudes Dubé, **Beaurivage**, 1996, 196 pages.

Table des matières

Les Éditions du Vermillon
305, rue Saint-Patrick
Ottawa (Ontario) K1N 5K4
Téléphone : (613) 241-4032
Télécopieur : (613) 241-3109

Distributeur :
Québec Livres
2185, Autoroute des Laurentides
Laval (Québec)
H7S 1Z6
Téléphone : 1-800 251-1210 et (514) 687-1210
Télécopieur : (514) 687-1331

Beaurivage est le cent trente-huitième titre
publié par les Éditions du Vermillon.

Composition
en Bookman, corps onze sur quinze
et mise en page
Atelier graphique du Vermillon
Ottawa (Ontario)
Films de couverture
Artext
Ottawa (Ontario)
Impression et reliure
Les Ateliers Graphiques Marc Veilleux Inc.
Cap-Saint-Ignace (Québec)
Achevé d'imprimer
en mai mil neuf cent quatre-vingt-seize
sur les presses des
Ateliers Graphiques Marc Veilleux Inc.
pour les Éditions du Vermillon

ISBN 1-895873-43-6
Imprimé au Canada